Aria

Miriam Dubini

Aria

VOLUME 1

Messaggio per me

MONDADORI

Progetto grafico e impaginazione a cura di Silvia Bovo
Capilettera e risguardi a cura di Andrea Parisi

www.ragazzi.mondadori.it

Prima edizione aprile 2012
Stampato presso Mondadori Printing S.p.A.
Stabilimento N.S.M., Cles (TN)
Printed in Italy
ISBN 978-88-04-61662-7

C'è un posto in cui finiscono le lettere mai arrivate,
i regali perduti, i messaggi svaniti nell'etere,
gli oggetti smarriti.
Un luogo invisibile, segnato dai graffi dell'attesa
e dai bagliori della speranza.
C'è qualcuno che può leggere questi segni di luce
e riallacciare le trame spezzate del destino.
E sta venendo da te.

Nubifragio

Greta scrutò le nuvole col fiato corto ed ebbe la certezza che si sarebbero infrante davvero, sbriciolando il cielo e franando su tutti i suoi pensieri con il bagliore di un lampo.

La pioggia l'aveva sorpresa a ridosso di una salita, piccole gocce punteggiavano l'asfalto sotto le ruote della sua bicicletta e pungevano le guance, sferzate da un vento freddo. Si alzò sui pedali e spinse più forte del vento, ogni respiro un pugno contro la pioggia battente. Le gambe bollenti e la schiena tesa a scaldare il gelo degli ultimi giorni d'inverno. Sorrise guardando le pozzanghere riempirsi ai lati della via, annusando l'odore della strada bagnata, ascoltando l'eco del cuore nel collo rovente. La prima volta che aveva affrontato quella salita si era dovuta fermare a metà, con i muscoli doloranti e il fiato spezzato. Aveva percorso parecchi chilometri da quel giorno e la strada le aveva insegnato a non arrendersi alla fatica e ad amare il suo calore. Oggi ci sarebbe riuscita, nonostante il temporale. Un ultimo sforzo e sarebbe arrivata in cima, due curve ed era fatta. Sterzò per imboccarle, quando un'altra bicicletta sfrecciò in direzione opposta, all'improvviso, sollevando un'onda di schizzi. In sella un ragazzo alto e magro, con un cappello da uomo e nessuna paura per la discesa.

Fu travolta dall'acqua. I piedi scivolarono dai pedali e Greta cadde a terra imprecando.

Lui frenò e tornò indietro.

— Scusa, non ti avevo vista. Questa strada è sempre deserta… Ti sei fatta male?

Greta non rispose. Si alzò in piedi e gli puntò addosso due occhi furibondi. Più cupi del cielo in burrasca.

Lui fece un passo indietro, trafitto da quello sguardo.

— Ehi, tutto bene?

La osservò, non sembrava ferita. Solo arrabbiata. — No. Sei in contromano.

— Sì, è vero, sono in contromano — ammise lui con un sorriso.

Da sotto il cappello comparvero due occhi blu, liquidi e distratti come macchie d'inchiostro sfuggite alle parole.

Che idiota. Perché rideva? Non c'era niente da ridere.

— Questa discesa con la pioggia è... non lo so, devi provare.

Idiota e folle.

— No, grazie.

— Perché no?

— Perché piove. Non so se ci hai fatto caso — scattò lei, ormai completamente inzuppata d'acqua.

Lui sorrise ancora di più, inspirando a pieni polmoni l'aria elettrica del temporale.

— Sì, con la pioggia è ancora meglio.

Greta lo osservò senza parole. O gli tirava un pugno su quella faccia beata oppure se ne andava. Decise che era meglio andare. Diede una spinta con il piede destro e pigiò forte con l'altro per rimettersi in moto.

— Peccato però. Io credo che ti sarebbe... — disse lui alle sue spalle. Ma le parole si persero, travolte dallo schianto dall'ultimo tuono di marzo.

Roma

Il giorno in cui arrivò, nessuno era pronto. Chiusi nei propri cappotti, rannicchiati sotto gli ombrelli, i passanti avevano smesso di guardare il cielo di Roma. Era stato un inverno di pioggia e di noia. Malinconico e raro, ma alla fine tutti si erano abituati alla monotona andatura dei giorni.

Poi accadde. Precipitò, squarciando una nuvola con un soffio, sbaragliando gli uccelli in volo, scuotendo i panni stesi e i rami addormentati. Un ombrello volò, un cappotto si spalancò e fu primavera. La città barcollò, investita da uno schiaffo di petali e salsedine, e si ricordò del cielo. Sollevò gli occhi e si ricordò del vento. Quella brezza violenta e bollente che favorisce i germogli, fa largo alle farfalle, sparpaglia i pollini nei prati. Ma nessuno si ricordò il suo nome.

La grande elica di legno montata all'ingresso dell'officina, iniziò a girare piano, mossa dalle raffiche. Il vento scivolò nell'ampio androne, tra le righe di luce disegnate a terra dall'ombra di quattro vetrate macchiate di pioggia. Sul pavimento polveroso erano allineate una trentina di biciclette di misure diverse. Più vicine alla porta quelle da corsa, accanto quelle da passeggio e in un angolo quelle da bambino. Telai senza ruote e cerchioni metallici disegnavano una cornice di cerchi e losanghe sulla parete di fondo. Un mobile di ferro a scaffali conteneva vari pezzi di ricambio allineati con ordine. A sinistra, su un muro di mattoni rossi erano appesi gli attrezzi da lavoro, a destra una tappezzeria fuori catalogo suggeriva l'esistenza di un piccolo salotto per ciclisti affaticati. L'arredamento consisteva in un divano di pelle graffiata, un paralume di un giallo indeciso e una radio. Guido l'accendeva ogni mattino alle ore otto e la spegneva ogni sera alle ore ventuno. Non cambiava mai frequenza e si lavava le mani tutte le volte che doveva toccarla. Non permetteva a nessuno di usarla, neppure a suo figlio. Era l'unica cosa in quel posto che considerava esclusivamente sua. Tutto il resto veniva condiviso con gli altri ciclisti.

Quando il vento di primavera arrivò, Guido stava restaurando una Bianchi verde acqua degli anni Settanta.

Le mani nere di grasso armeggiavano esperte attorno alla morsa dei freni mentre i pensieri si perdevano nel ricordo di una gara ciclistica corsa tanto tempo prima: l'Eroica. Un viaggio fra le colline senesi, tra strade bianche e polverose come sentieri fra le nubi. Aveva tagliato il traguardo per primo, ricoperto di polvere e sudore. La vittoria pizzicava ancora sulla pelle come quel ricordo di un tempo lontanissimo. L'uomo inspirò il vento profumato e chiuse gli occhi. Un sorriso si fece largo tra i baffi grigi e la barba più chiara. Sollevò lo sguardo e camminò verso l'entrata allargando le braccia ad ogni passo, come per accogliere un vecchio amico.

— Favonio — disse chiamando il suo nome.

L'aria s'infilò nelle maniche della sua vecchia camicia da lavoro ricambiando l'abbraccio, mentre l'ultima nota dei violini alla radio vibrò dolce nel vuoto. Una voce cavernosa scandì lentamente: — Allegro, concerto No. 1 in si bemolle maggiore di Tomaso Albinoni.

Il vento si fermò e arrivò una bicicletta color alluminio. Un ragazzo con un cappello da uomo entrò nell'atrio, frenò dolcemente e rimase in bilico sui pedali.

— Ma perché hanno sempre questa voce triste? Non capisco, questa musica è gioia allo stato puro — disse Anselmo a suo padre.

— Ma chi? Quale voce? — domandò Guido.

— Loro, quelli che parlano alla *tua* radio.

Guido si strinse nelle spalle: — Non è triste.

Il ragazzo, per niente soddisfatto della risposta, rimase qualche istante in piedi sulla pedivella, lo sguardo perso in alto a immaginare la donna dietro quella voce. Aveva certamente occhi piccoli e mani nodose.

— Ehi? — lo chiamò il padre.

— Mmm… — fece lui, distratto.

— Hai visto qualcosa?

Anselmo scosse la testa e appoggiò finalmente i piedi per terra.

— No, il vento è ancora troppo debole.

Guido guardò l'elica che si muoveva a scatti, seguendo l'andirivieni delle prime folate.

— Ma stanotte crescerà.

Poche ore prima del buio, Greta uscì dal supermercato con due sacchetti della spesa mezzo vuoti. Fuori, ad aspettarla, c'era Merlina, la sua bicicletta. Una Olmo da uomo, di un azzurro roso dalla ruggine, le ruote massicce e una trombetta viola al posto del campanello. Attaccò le buste al manubrio, una per lato, e sbuffò. Odiava andare in bicicletta con quelle zavorre, le impedivano di pedalare veloce, ma lei era sempre in bici e sua mamma non faceva mai la spesa, quindi non aveva scelta.

Arrancò lungo un grande viale desolato osservando il chiarore arancione dei lampioni di periferia. La fila di luci s'interrompeva bruscamente davanti ad un muro di cemento armato alto nove piani e lungo un chilometro. Il Corviale. A Roma lo chiamano il serpentone e dicono che l'architetto che l'ha progettato, dopo aver visto l'opera compiuta, si sia suicidato. Greta non ci ha mai creduto. Le solite storie che raccontano i ragazzi seduti sui motorini in piazzetta. Bevono, fumano e parlano di cose così. Colpa dei motorini. Se andassero in bicicletta starebbero molto più attenti a non sprecare il fiato.

Comunque eccola, la piazzetta. Coi motorini, i ragazzi, le nuvole di fumo. Le fauci nebbiose del serpentone.

Sterzò, cambiò strada e s'infilò nel suo portone.

Davanti all'ascensore trovò il solito biglietto: FUORI SERVIZIO. Sulla carta ingiallita dai mesi era comparsa una nuova minaccia: VE SE PIJASSE ER TAZZINA.

Er Tazzina era un vecchio del quartiere che aveva perso un orecchio in guerra, o almeno così diceva lui. Diceva un sacco di cose, tutte irripetibili, e viveva al Corviale da sempre. Era burbero e malmostoso e le madri lo usavano spesso per mettere paura ai bambini disobbedienti, un po' come l'uomo nero. Ricorrere a er Tazzina, insomma, era davvero l'ultima risorsa. Come le madri davanti ai capricci dei figli, gli abitanti del condominio sapevano di avere a che fare con un nemico ostinato e indifferente che non avrebbe mai riparato quell'ascensore, ma al contrario dei bambini, l'amministrazione condominiale non aveva fantasia, e senza fantasia er Tazzina non serviva a niente e l'ascensore rimaneva fuori servizio.

Nonostante tutti questi pensieri, a Greta scappò un sorriso, s'immaginò er Tazzina che costringeva gli operai a sistemare l'ascensore imprecando come al suo solito. Poi guardò in alto, verso la tromba delle scale che s'inerpicava tetra nel buio e il sorriso volò via. Sette piani a piedi con le borse della spesa e Merlina a tracolla. Legarla sotto casa equivaleva a regalarla ai ragazzi del quartiere, quindi non aveva scelta.

Arrivò in casa ansimando. L'appartamento vuoto e una vaschetta di allumino sul tavolo a darle il benvenuto. Dentro c'era una palla di riso impanato e fritto e qualche altra cosa giallognola accanto: avanzi del ristorante dove sua madre lavorava ogni sera. Greta prese il riso, aprì la finestra, si rannicchiò sul davanzale e si mise a sbocconcellarlo al buio, guardando Roma immobile ai suoi piedi. C'era sempre vento lassù, ed era l'unica cosa bella di quel posto.

— Questo supplì fa schifo, ne vuoi un po'? — disse al vento.

Il vento rimase in silenzio.

Lo prese per un sì, diede un altro morso e lanciò l'ultimo boccone di sotto, mirando esattamente verso la cupola di San Pietro, azzurra e minuscola all'orizzonte.

Una raffica violenta piombò su di lei e le fece quasi perdere l'equilibrio.

— Vedi, fa schifo — sentenziò tornando in casa, prima di fare la stessa fine del mezzo supplì.

Chiuse la finestra e rimase a guardare la sua immagine riflessa nel vetro. Capelli cortissimi, biondo cenere con una treccia sottile e lunga che scendeva fino alle spalle come una mezza cornice sgangherata sul lato sinistro del volto magro. Occhi verdi, silenziosi e profondi, intrisi della stessa luce dei boschi d'alta montagna. Bocca e naso piccoli, persi nella linea marcata degli zigomi. E poi quel neo, nero e tondo, proprio al centro del mento. Odiava quel neo. Si mise un dito sul mento per coprirlo, immaginando la sua faccia senza quell'orrenda macchia. Niente da fare, non ci riusciva, e poi a che cosa sarebbe servito? Solo un'operazione chirurgica l'avrebbe salvata!

Si lavò i denti e andò a dormire.

Domani altro giorno di scuola. Sveglia all'alba per arrivare dall'altra parte della città al suono della campanella. Sua madre aveva scelto di mandarla a scuola in centro per darle un futuro migliore.

— Che se viviamo qui non è certo colpa mia — ripeteva in continuazione. — È tuo padre che mi ci ha portato.

Nel frattempo le aveva dato una ventina di chilometri da percorrere ogni giorno. Per raggiungere la scuola media Modigliani ci vogliono tre autobus oppure un'ora di bicicletta e, almeno stavolta, Greta può scegliere.

E il vento crebbe.

All'alba era un'onda vorticosa, due ore più tardi piegava le cime degli alberi. Anselmo stava leggendo il giornale fresco di stampa, seduto nel salotto dei ciclisti quando, all'improvviso il vento entrò nella stanza scompigliando le pagine del quotidiano. L'elica davanti alla ciclofficina iniziò a girare sempre più velocemente, finché i contorni delle pale non si confusero in un unico cerchio vibrante. Ne uscì un suono acuto: il segnale.

Anselmo e Guido si scambiarono un'occhiata.

Era il momento.

Guido camminò veloce verso una porta che si apriva sul retro e tornò con una grande borsa da postino. La porse ad Anselmo, che era già montato sulla sua bicicletta e l'aspettava in strada.

— Non durerà molto — avvisò il ragazzo guardando il cielo.

— Allora sbrigati! — rispose il papà.

— Volo!

Anselmo s'infilò la borsa a tracolla e partì veloce in direzione del vento, issandosi sui pedali con un sorriso di gioia pura.

Andare in bicicletta per Roma è una sfida al destino. Il romano non guida per spostarsi da un luogo a un altro in maniera comoda e veloce, il romano guida per ricordare al mondo intero che lui è un abitante della Città Eterna. E quindi ha la precedenza. Rispettare il codice stradale è come bere il cappuccino nel bicchiere di plastica: si può fare, non è che ci sia niente di male, ma vuoi mettere la differenza con una tazza?

— Che differenza c'è? — aveva chiesto una volta Anselmo, perplesso.

A rispondergli era stato Sciagalle, un ragazzo di diciassette anni, come lui, per il resto il suo esatto opposto. Era finito alla ciclofficina perché aveva sfondato la sua bicicletta da cross con un'acrobazia un po' azzardata, soprattutto considerando il fatto che Sciagalle non era esattamente un peso piuma. Poi, come molti, aveva deciso di tornarci. Funzionava sempre così, Guido metteva a disposizione di tutti i suoi attrezzi e la sua esperienza e chiedeva in cambio un'offerta libera per le riparazioni ma raramente faceva lui il lavoro. Ti diceva come fare, ma poi toccava a te. Quando avevi imparato potevi insegnare a qualcun altro, ed era così bello che tornavi.

Sciagalle era tornato anche se la sua bicicletta non aveva niente di rotto e, per ingannare il tempo si era messo a decorare il telaio con piccoli maialini rosa. Aveva talento, e presto gli amici della ciclofficina gli avevano chiesto di decorare anche le loro bici e... gli avevano appioppato il nomignolo di Sciagalle (come il pittore franco russo Chagalle, ma più romano). A lui era piaciuto così tanto che aveva iniziato a dipingere su qualsiasi cosa, a cominciare dalle sue magliette. Ne aveva a decine, tutte colorate con soggetti a dir poco bizzarri, ispirati al mondo del ciclismo.

In breve tempo era diventato di casa alla ciclofficina, e i clienti iniziarono a chiedergli di dipingere le loro biciclette. Così adesso le strade di Roma erano piene di capolavori a due ruote. Margherite, puntini colorati, strisce, fiamme, fulmini e saette, Sciagalle realizzava qualsiasi decorazione in cambio di un cappuccino, rigorosamente in tazza.

— Perché è migliore — amava ripetere il pittore di biciclette.

— In che senso migliore? — aveva insistito Anselmo.

Il ragazzo si era guardato intorno confuso, gli altri avevano scosso la testa bonariamente e Anselmo aveva capito di aver fatto una delle sue domande inutili. Come quella delle voci tristi alla radio o mille altre che ogni giorno gli rimbalzavano nella testa. E anche quella volta, non aveva ricevuto nessuna risposta. L'unico momento in cui non pensava a domande inutili era in giornate come quella, spazzate dal vento. In quei giorni lui era perfettamente felice. Sfrecciava schivando ogni ostacolo, su traiettorie precise, guidato da un istinto misterioso, scivolando veloce tra le automobili come l'acqua tra i sassi di un fiume.

Percorse una lunga strada stretta fra mura antiche. Le

macchine grugnivano immobili in coda, con i motori accesi e gli automobilisti annoiati. Non si può stare bene dentro una scatola di lamiera. Non a lungo. Sfilò sulla destra superandole una a una, orgoglioso di non avere altro motore che i suoi muscoli. Sterzò per un viale largo e trafficato dove rimase pochissimo, infilandosi subito in un dedalo di stradine in salita. La salita è faticosa, ma è onesta, perché mantiene le promesse. E, come promesso, arrivò la discesa. La discesa è per chi sa innamorarsi all'improvviso, e non ha paura di cadere.

Rimase qualche secondo in bilico sui pedali, con gli occhi puntati al cielo. Le iridi blu scivolarono lungo il disegno oblungo di una nuvola, poi giù sull'orlo frastagliato dei palazzi, e infine su un prato, fermandosi su una piccola aiuola bordata d'asfalto.

Sterzò e si avvicinò lentamente all'erba, lo sguardo fisso su un cespuglio di fiori gialli.

Scese dalla bicicletta, si chinò accanto alle radici. Rovistò tra i rami cercando qualcosa. Le dita toccarono la superficie liscia di un oggetto rettangolare. Anselmo lo raccolse. Era una lettera, piuttosto voluminosa, di quelle con l'interno pieno di bolle di plastica. Sembrava contenere un foglio molto spesso, rigido, leggero. Qualcosa di fragile e lieve.

Appoggiò i palmi sulla busta, uno sopra e uno sotto, e chiuse gli occhi. Le palpebre ebbero un sussulto improvviso. Spalancò le orbite e osservò il vuoto per un instante.

Affondò le mani nella borsa e prese un diario di pelle

marrone chiuso da un nastro scuro. Appuntò velocemente tre numeri, poi chiuse il taccuino e lo rimise nella borsa insieme alla busta appena trovata.

Il vento era ancora in piena. Anselmo scrutò il cielo, tornò in sella e riprese velocità lasciandosi alle spalle l'antico palazzo dell'agenzia fotografica più prestigiosa di Roma, lo *Studio 77*.

Chi alza gli occhi al cielo cerca tra le nuvole
una risposta, perché sulla terra trova solo domande.
Chi parla al vento crede di essere solo,
che le sue parole non le vuole sentire nessuno,
che tanto non cambierebbe niente.
Chi manda tutto all'aria, ha fiducia nel vento.
Sa che arriverà per spazzar via le cose vuote
e rivelare la verità che giace al fondo.

Verde

Canottiera, felpa, calzoni militari, anfibi. Un bracciale di metallo infilato sull'avambraccio sinistro.

— Amore, perché non ti metti una gonna stamattina? C'è il sole. Fa caldo. E poi tu hai delle gambe così belle.

Greta guardò sua madre accavallare le cosce affusolate sotto la vestaglia. Poi osservò il cielo. Nuvole immobili nell'aria cristallina. Giornata perfetta per pedalare, una gonna avrebbe rovinato tutto. Ma tanto sua madre non l'avrebbe mai capito. Quindi decise di parlare d'altro.

— Come mai sei già sveglia?

— Volevo prepararti la colazione.

— Perché?

— Perché oggi è il primo giorno di primavera — trillò lei come se la cosa dovesse portare la gioia nel mondo.

Greta tuffò un biscotto nel caffèlatte senza rispondere. Quello era un giorno come un altro, anzi era peggio degli altri, perché di solito sua madre si svegliava tardi e lei poteva uscire di casa di soppiatto evitando si sorbirsi i suoi consigli di moda. Invece stamattina le aveva addirittura messo un paio di biscotti in un piatto e adesso se ne stava lì a guardare la sua figlioletta con l'aria della mamma premurosa.

— Che poi ho solo messo i biscotti in un piatto — ammise la donna.

Ecco, appunto.

Greta bevve d'un fiato, tenendo d'occhio il grande orologio appeso alla parete della cucina. Aveva la forma di una mela, dipinta nel legno, le lancette erano due bruchi obesi. Un residuo della sua cameretta di bambina che Serena Bianchi non aveva voluto buttare via. Il bruco giallo segnava le dodici, quello viola le sette. Era ora di muoversi.

— Vai a scuola?

— No, al mare.

— Beata te.

Greta lasciò cadere quella specie di battuta nel silenzio. Spostò il bracciale di metallo dall'avambraccio alla caviglia, stringendo il bordo consumato dei pantaloni attorno al polpaccio. Afferrò la catena della bici e la chiuse sul petto come il guerriero con la tracolla della sua spada. Caricò Merlina sulla schiena e camminò a passi rapidi verso la porta. La mamma osservò il risultato estetico e scosse la testa rassegnata, concentrandosi sui resti della colazione.

— Greta?

— Sì, Serena?

— Stasera torno presto. Possiamo cenare insieme. Compro qualcosa di buono e…

— Lascia stare. Ho già fatto la spesa ieri. C'è un sacco di roba.

Serena aprì il frigo e contemplò gli acquisti di sua figlia. Non c'era molto.

— Non hai nessun desiderio speciale? — chiese la mamma. — Magari un dolce?

Va bene, quello era uno di quei giorni in cui la mamma si era svegliata di buon umore. Capitava raramente, per ragioni che Greta non aveva mai compreso, e passava in fretta. Tanto valeva approfittarne.

— Occhei.

— Occhei! — festeggiò la mamma. — Che cosa preferisci?

Ma l'unica risposta che ricevette fu il rumore della porta di casa che si chiudeva.

Gonna, cerchietto, camicetta con le maniche a sbuffo e scarpe di tela chiuse da un fiocco. Greta osservò Lucia De Martino saltellare sugli scalini d'ingresso della scuola e pensò che sua madre sarebbe stata la donna più felice del mondo, con una figlia così. Due guance morbide create per sorridere, occhi rotondi, lucidi, scuri, una treccia di capelli ricci e neri e tante gonne nell'armadio. Lucia era la figlia che tutti avrebbero desiderato. Perfino la professoressa Moretti, considerata all'unanimità la donna più crudele del pianeta terra, aveva un debole per lei. Quando Lucia entrava in classe, la Moretti cambiava espressione. La sua faccia, immobile in un eterno ghigno, aveva un rapido barlume d'umanità. A scuola girava voce che si fosse rifatta la bocca e che il chirurgo avesse esagerato col silicone lasciandole un paio di salsicce al posto delle labbra. Lei ovviamente non aveva mai smentito né confermato quelle dicerie e nessuno si era mai azzardato a farle una domanda diretta. Si limitava a esibire quel broncio annoiato con il piglio di una diva sulla passerella della notte degli Oscar, dimenticando ogni mattina che non si trovava al Kodak Theatre di Los Angeles ma nell'aula scalcinata della III E. A volte Greta ammirava la sua capacità di estraniarsi completamente dallo squallore di quella scuola, ma non oggi. Oggi la odiava e basta.

— Greta Bianchi, interrogata — dissero le salsicce della Moretti.

Greta aveva una particolare tecnica per affrontare le interrogazioni a sorpresa: non affrontarle. Rimaneva salda al suo banco, incastrando le gambe a quelle della sedia per non cadere nella tentazione di alzarsi in piedi e tentare la sorte. La vita non le aveva mai riservato belle sorprese, quindi aveva smesso di credere nella fortuna già da molti anni.

— Se non esci sarò costretta a metterti un brutto voto.

Di solito quella minaccia funzionava bene, la perfida Moretti ti lusingava con l'idea che se avessi avuto il coraggio di uscire ti avrebbe dato un voto decente, magari non ottimo ma di certo poco distante dalla sufficienza. Ma Greta sapeva che si trattava di una trappola. Non aveva studiato e avrebbe fatto scena muta. Tanto valeva farla comodamente avvinghiata alla sua sedia.

— Neanche una domandina?

Adesso i salsicciotti si muovevano suadenti come serpenti incantatori.

Resisti, Greta.

— Dai, una cosa facile.

Resisti. Adesso la smette.

— Quale fu l'evento che scatenò la prima guerra mondiale?

Ti mette zero e la smette.

— Se non rispondi neppure a una domanda sarò costretta a metterti zero. Non è cattiveria, è matematica.

Ecco, la Moretti aveva quasi finito. Adesso avrebbe sfoderato la penna con l'aria afflitta di una che non vorrebbe fare ciò che fa ma non ha scelta e, in fin dei conti, lo fa per il tuo bene. Poi avrebbe tracciato l'ennesimo zero accanto al suo nome, un segno tondo e definitivo come il cappio per l'impiccato... Ma qualcuno arrivò a interrompere l'esecuzione.

Una ragazza di nome Emma. Comparve sulla porta della

classe incorniciata dagli stipiti come una Venere dipinta su un quadro, la braccia sottili, la pelle di luna, lunghi capelli colore del rame sparpagliati in linee rette e sottili su un abito leggero e molto corto, che sembrava dipinto addosso al suo corpo perfetto con una cascata di acquerelli.

— Scusate, sono in ritardo — sorrise inclinando la testa.

La Moretti la squadrò dalla testa ai piedi con un'espressione indecifrabile. Poi tornò a scrutare il registro arricciando la bocca nel solito broncio.

— Tu devi essere la nuova studentessa. Ti chiami…

— Emma Kildare, dove mi siedo?

La Moretti indicò l'unico banco vuoto, proprio accanto a Greta. Emma sfilò attraverso la classe sotto lo sguardo incantato di tutti i ragazzi e quello infastidito delle ragazze, a parte Lucia, ovviamente, che l'aveva trovata subito molto simpatica. Si sedette accanto a Greta, si voltò verso di lei e le tese la mano lasciando calare i lunghi capelli davanti al viso come il sipario di un teatro. Nascosta da quella cortina sussurrò: — L'assassinio dell'arciduca Franz Ferdinand il 28 giugno del 1914 a Sarajevo.

Poi emerse dalla sua chioma e trillò: — Piacere di conoscerti. Come ti chiami?

Greta disse il proprio nome, abbassò gli occhi e le strinse la mano senza sapere esattamente perché.

— Bene, ora che vi siete presentate, possiamo continuare? — chiese la professoressa.

Emma annuì.

— Allora, Bianchi... dicevamo... ah, sì. Zero.

Greta rimase in silenzio.

— L'assassinio dell'arciduca F... — sibilò Emma riprovando a suggerire la risposta alla sua nuova compagna di banco, ma lei la interruppe immediatamente: — Prof io non voglio avere gente vicino. Lo sa.

La prof non la guardò neppure. Scrisse zero sul registro e commentò serafica: — Bianchi, tu parli quando devi stare zitta e stai zitta quando dovresti parlare.

Poi chiuse il registro e prese il libro di storia dalla sua borsetta di pelle di coccodrillo.

Greta slacciò le gambe dalla sedia e scivolò un poco sotto il banco incrociando le braccia e guardando ostinatamente il cielo fuori da quella stanza. Sarebbe rimasta così fino al suono della campanella, come faceva tutti i giorni, ma la sua compagna di banco sembrava decisa a infrangere la sua bolla di silenzio a qualsiasi costo. Scarabocchiò velocemente un bigliettino e lo lanciò di nascosto sul banco di Greta.

Sul foglietto c'era scritto: LA PROF HA LE TETTE RIFATTE.

Greta non poté fare a meno di leggerlo e di soffocare una risata improvvisa.

— Ti diverti, Bianchi? — la fulminò subito la proprietaria delle tette di plastica.

No, non si divertiva. Quella ragazza coi capelli rossi, al contrario, le dava molto fastidio. Scosse la testa continuando a non rivolgere a Emma neppure uno sguardo.

La Moretti aprì il libro di storia e iniziò a spiegare con

aria annoiata la triste vicenda dell'arciduca Franz Ferdinand.

Passarono cinque minuti. Ed Emma tornò alla carica con un altro bigliettino: — ANCHE LA BOCCA E IL NASO. MA FIN LÌ CI ARRIVANO TUTTI. TU TE LO RIFARESTI IL NASO? SÌ - NO

Ok, adesso stava davvero esagerando. Stava passando il limite. Stava invadendo il suo spazio privato. Accartocciò il foglietto e lo lanciò sul banco della ragazza.

— La smetti? — sibilò guardandola dritto in faccia.

Emma scrutò le sue iridi con attenzione: — Ecco di che colore sono i tuoi occhi — sospirò soddisfatta. — Verdi.

— Va ora in onda il secondo movimento del poema sinfonico *La Mer*, il mare, di Claude Debussy — informò la solita voce triste alla radio. Uno sciabordio timido di arpe allagò la ciclofficina, poi arrivarono i fiati e i violini, gonfi di vento, e infine le percussioni con lo schianto dei flutti che s'infrangono sugli scogli.

Guido li lasciò scivolare con gratitudine nelle orecchie, versando un filo d'olio sulla catena della sua Bianchi verde acqua. Mise in moto gli ingranaggi e osservò i meccanismi incastrarsi silenziosi l'uno nell'altro. Aveva finito, quella bici vecchia di trent'anni sembrava risorta. Diede un'ultima occhiata agli accessori: pompa originale attaccata al telaio, set d'emergenza dietro al sellino, luci di segnalazione, rossa dietro, bianca davanti. Gli sembrava di aver fatto un buon lavoro, ma c'era solo un modo per saperlo: mettersi sui pedali.

Si avvicinò al sellino, strinse il manubrio, si chinò in avanti e... iniziò a tremare. Fece un respiro profondo e ci riprovò. Niente da fare. Dal giorno dell'incidente non era più riuscito a salire in sella a una bicicletta. Tutte le volte che ci provava, il panico gli irrigidiva i muscoli. Altri ciclisti, più esperti, gli avevano detto di aspettare, di non pensarci, che sarebbe passato da solo. Ma le cose erano andate diversamente. Scrollò le spalle cercando di levarsi di dosso quel pensiero, poi si volse verso suo figlio.

— Anselmo? Vuoi provarla?

Il ragazzo abbandonò subito la camera d'aria che stava rattoppando e saltò in sella. Aveva seguito tutti i lavori di restauro aspettando quel momento. E adesso che era pronta non vedeva l'ora di fare un giro sulla bicicletta con cui suo padre aveva vinto tante gare. Si chinò sul manubrio da corsa, strinse la mani intorno all'impugnatura con l'aria di un atleta prima di una grande sfida: — Vado a fare un giro. Torno subito — promise.

Ma il vento aveva intenzioni molto diverse per lui...

— Credo che ci fermeremo in Italia per un anno, poi chissà — concluse Emma.

Era seduta su un banco, con le lunghe gambe accavallate senza pudore né malizia. Attorno a lei c'erano una decina di compagni di classe che avevano rinunciato alla focaccia dell'intervallo per ascoltare la storia dei viaggi della famiglia Kildare. Ma arrivati a quel punto, non sapevano che dire. Nessuno di loro aveva avuto una vita tanto avventurosa e si sentivano in imbarazzo. Qualunque commento sarebbe stato banale e allora meglio stare zitti. Fu Lucia a rompere il ghiaccio, con il più banale dei commenti: — Cavoli... Hai viaggiato tantissimo, tu.

— Per forza, mio padre deve cambiare città in continuazione... e noi lo seguiamo.

— Che lavoro fa?

— L'architetto.

Lucia non aveva la minima idea di che cosa facesse un architetto. Corrucciò le sopracciglia scure così tanto che presero la forma sinuosa di due punti interrogativi sdraiati sulle palpebre. Emma se ne accorse e spiegò: — Disegna case, stadi, biblioteche, scuole... cose così. Poi va nelle città dove vengono costruiti per seguire i lavori.

— Cavoli... — commentò ancora Lucia. — Io al massimo sono andata alla spiaggia di Ostia.

— Io non ci sono mai stata. Com'è?

— Bellissimo! C'è il mare! E la spiaggia! — squittì Lucia come se avesse appena menzionato le attrazioni paesaggistiche più stupefacenti del creato. Greta alzò gli occhi al cielo. Ostia era uno dei posti più orrendi che avesse mai visto. L'acqua faceva schifo, la spiaggia faceva schifo e tutta quella storia dei viaggi di Emma faceva ancora più schifo. Adesso stavano parlando di New York, dove la famiglia Kildare aveva vissuto due anni e lei aveva incontrato un ragazzo di colore di cui si era innamorata perdutamente.

— Ma l'ho dovuto lasciare perché mio padre è stato trasferito a Parigi — disse senza tristezza. — Non credo nelle relazioni a distanza. Finisce sempre che ti mandi un sacco di mail, ti vedi ogni tanto sullo schermo di un computer e, invece che divertirti e conoscere nuove persone, soffri e piangi chiuso in camera con il portatile sulle ginocchia. Non ne vale la pena. Meglio chiudere subito.

Lucia pendeva dalle sue labbra, Emma aveva già avuto un ragazzo e l'aveva pure lasciato. Nella sua testa s'immaginò una scena drammatica all'aeroporto, un addio straziante, magari un mazzo di fiori e poi Parigi.

— E com'è Parigi? — chiese la piccola sognatrice.

A quella domanda Emma tentennò.

— Parigi non si può descrivere. Devi andarci.

— Cavoli... — esclamò Lucia un'altra volta.

Greta le aveva contate. Erano venti. Lucia aveva detto "cavoli" per venti volte da quando la sua nuova compagna di banco aveva iniziato a raccontare le sue meravigliose avventure e, a questo punto, lei iniziava a innervosirsi sul serio. Era sicura che non avrebbe sopportato la ventunesima volta. Ma perché non si era ancora alzata dal banco per la solita passeggiata solitaria in corridoio? Perché stava lì a fare capannello intorno alla sua nuova, fastidiosa compagna di banco? Prima che facesse in tempo a trovare una risposta la campanella suonò la fine dell'intervallo e tutti tornarono ai loro posti.

La seconda parte della giornata trascorse lenta e noiosa, Emma non le scrisse nessun bigliettino e non le sibilò nessuna delle sue mirabolanti storie nell'orecchio. Greta pensò di averla scampata, almeno per quel giorno, ma, all'uscita da scuola capì di aver fatto male i propri conti.

— Ehi, ragazze! — strillò la Kildare scendendo le scale d'ingresso.

Lucia si voltò immediatamente verso la voce, Greta invece fece finta di non aver sentito. Inutile. Emma la prese sotto braccio e la trascinò a lato della fila di ragazzi che uscivano da scuola.

— Prima, in classe stavo pensando che magari oggi pomeriggio potremmo vederci noi tre e andare a fare shopping.

Ecco perché era stata zitta tutto quel tempo, era impegnata ad architettare il suo prossimo piano di socializzazione con le nuove ragazze della nuova città dove la sua famiglia si sarebbe fermata un anno e poi chissà.

— Odio lo shopping — affermò Greta.

— Adoro lo shopping! — trillò Lucia nello stesso istante.

Emma si strinse nelle spalle: — Non ci credo. Non esiste una sola ragazza sulla faccia della terra che odia lo shopping.

— Eccone una — affermò Greta. Lo disse quasi con orgoglio. Emma ne fu colpita. Greta tagliava sempre le parole con poche sillabe, incideva la sua impronta senza mediazioni e neppure un'ombra di cortesia e tutto sembrava più vero accanto a lei. Così distante dal salotto di casa Kildare, dove ogni gesto era misurato dalle buone maniere imparate in tanti anni di viaggi e shopping nelle città più civili del mondo.

— D'accordo, allora che cosa ti piace fare? — le chiese sempre più curiosa.

— Più che passare un pomeriggio a stare in fila per comprarmi una maglietta? Un sacco di cose.

— Per esempio?

— Non sono affari tuoi.

— E poi, scusa, chi l'ha detto che voglio comprare una maglietta?!

— Non sono affari miei.

— Le piace molto andare in bicicletta! — intervenne Lucia prima che le altre iniziassero a graffiarsi come gatte imbizzarrite. — Vero, Greta?

— Vero — ammise lei.

Voltò le spalle alle due ragazze e andò dritta verso la sua Merlina. Slegò la catena, l'allacciò sul petto, infilò il bracciale alla caviglia e sciolse i nervi pedalata dopo pedalata, lasciando Emma e le sue chiacchiere sullo sfondo.

— Senti, ma perché insisti? — s'incuriosì Lucia. — Sono due anni che conosco Greta ed è sempre stata così.

— Così come?

— Antipatica.

Emma sorrise divertita: — Non è antipatica, fa finta.

Le sopracciglia di Lucia divennero di nuovo due punti interrogativi, ma questa volta non ricevette nessuna spiegazione a riguardo.

— Per te va bene se ci vediamo alle tre in centro? — propose Emma.

— Sì, possiamo incontrarci a Campo de' Fiori. I miei genitori lavorano lì.

— Perfetto! — approvò Emma, la salutò scuotendo la mano e s'incamminò verso casa.

Lucia infilò i pollici sotto le tracolle dello zaino e prese la direzione opposta, chiedendosi seriamente che senso avesse far finta di essere antipatici. Quando arrivò alla bancarella di mamma e papà non aveva ancora trovato una risposta che la convincesse.

I coniugi De Martino erano proprietari di un banco di frutta e verdura al centro del mercato di Campo de' Fiori. Lavoravano fianco a fianco da una vita e si vantavano di due cose soltanto: i loro pomodori e i loro figli. Li consideravano entrambi frutto del loro amore e della loro dedizione, l'unica differenza era che i pomodori maturavano sempre troppo lentamente mentre i figli crescevano sempre troppo in fretta. I due fratelli maggiori di Lucia erano ormai uomini, il più grande era diventato un vigile e il più piccolo si era appena iscritto all'università. Ma adesso anche la cucciola di casa iniziava a trasformarsi in una giovane donna. Suo papà si ostinava a far finta di niente, continuando a darle nomignoli affettuosi ispirati agli ortaggi di stagione. D'autunno la chiamava zuccherella o fagiolina, in inverno diventava carotina o broccoletta, in primavera papà aveva un'impennata d'ingegno e si lanciava in creazioni di altissimo livello, quali carciofotta, fragoluccia e cetriolina, per culminare con il tripudio estivo in cui Lucia assumeva un solo glorioso nome: pomidora.

— Eccola la mia bella carciofotta! — esultò papà De Martino vedendo sua figlia comparire in fondo al mercato.

— È la più bella della piazza! — gli fece eco la Sora Franca.

La Sora Franca, come la chiamavano tutti i commercianti di Campo de' Fiori, era un'avida vecchiaccia travestita da dolce nonnina. Vendeva olive sott'olio al prezzo di diamanti purissimi e non se ne vergognava neppure un po', anzi lo considerava una specie di diritto, la sua pensione dopo tanti anni di onorato servizio. Le sue vittime preferite erano i turisti. Riusciva a infinocchiarli ogni volta con la stessa subdola tecnica. Mentre riempiva il cartoccio fatto con i vecchi giornali, la Sora Franca distraeva la cliente con una slavina di complimenti in una lingua di sua invenzione a metà tra l'inglese e il romanesco: — *Iu ar so bbella! Iu ar laic la madonna di San Pietro! Bella-quanto-sei-bbbella! Ar iu e top model?*

Lo chiedeva alle svedesi di un metro e novanta e alle giapponesi di un metro e trenta con la stessa, bugiarda curiosità.

La turista sorrideva, ringraziava, gongolava e non badava alla quantità di olive che Franca stava facendo scivolare di soppiatto nel cartoccio. Quando arrivava il momento di pagare era già troppo tardi. L'involto era chiuso e pesava tre volte di più di quanto la bella madonna di San Pietro avesse desiderato.

— E che me lo fai riaprire? Eh no, eh!

La Franca sganciava l'incarto, afferrava il malloppo e tornava a scrutare la piazza in cerca della prossima vittima. Ma quando vedeva comparire Lucia, aveva un momento di tenerezza.

— Fortunato chi se la piglia — sbraitò la Franca con una mano sul cuore.

Lucia la salutò muovendo le dita nell'aria, ma senza sorriso. Tutte le volte che quella donna diceva che chi l'avrebbe amata sarebbe stato felice le veniva una stretta allo stomaco. Dov'era questo fortunato? Perché non si era ancora fatto avanti? L'aveva già incontrato e non lo sapeva o era qualcuno che ancora non conosceva? Quanto tempo avrebbe dovuto aspettarlo? Pensò a Emma. Una come lei di sicuro aveva già avuto mille amori e forse aveva anche dato il primo bacio.

— Le vuoi due olivelle? — gracchiò Franca interrompendo i suoi sogni romantici.

— No, grazie — declinò la ragazzina e filò dritta da mamma e papà.

— Com'è andata a scuola?

— Bene, mamma. Ho una nuova compagna di classe. È nata in Olanda, ma ha vissuto in tutto il mondo perché suo papà disegna le case. Sua mamma è italiana, quindi lei parla perfettamente la nostra lingua, oltre che l'inglese e il francese.

— Dovresti portarla dalla Sora Franca allora, che ha tanto bisogno di imparare le lingue... — ironizzò la mamma.

— Magari dopo passiamo. Viene qui alle tre, mi ha chiesto se volevo andare con lei a fare shopping. Posso andare?

La mamma guardò sua figlia stranita. Non le aveva mai sentito usare una parola come "shopping". Doveva averla imparata da questa nuova amica. La cosa la mise un po' a disagio.

— Ma non devi fare i compiti?

— Ne abbiamo pochissimi, li posso fare quando torno.

— Dove andate?

— Pensavamo di fare un giro qui intorno.

La signora De Martino si sentì subito meglio.

— E va bene, ma prima passate da me che vi do un paio di fragoline fresche. D'accordo?

— Sì! Grazie, mamma!

Lucia rimase a guardarla in attesa.

— Che c'è? — chiese la donna.

La ragazzina rimase in silenzio.

— Con un cestino di fragole non si può fare shopping, vero carciofotta? — indovinò il papà. Aprì la cassa e allungò venti euro alla sua bambina.

— Nino? Che fai?! — si scandalizzò la mamma.

— Eddai, Clara. Una volta ogni tanto…

Clara si rabbuiò: — Io non credo che sia giusto dare alla bambina così tanti soldi senza che…

— Mamma! — la interruppe Lucia. — Posso pulire la cicoria, così me li sono guadagnati!

E accadde un'altra volta, Lucia piantò i suoi occhi vispi in quelli di chi le stava davanti e scacciò ogni malumore.

— E va bene — conciliò la mamma. Prese un'enorme cassetta piena di foglie verde scuro e la mise sotto il naso di sua figlia. Lei afferrò il coltellino, tuffò le mani in quel colore che prometteva un pomeriggio indimenticabile e si mise immediatamente al lavoro. Vedendola così felice in mezzo ai mazzetti di verdura, suo papà non resistette.

— Dai, ti do una mano.

— Nino! Così non vale! — lo sgridò la mamma.

— E così? — chiese suo marito mettendosi a pulire la verdura in piedi su una sedia.

Clara sorrise sconfitta, alzò le mani al cielo in segno di resa e tornò a occuparsi dei passanti distratti di Campo de'Fiori.

Domani

Anselmo pedalava ormai da quasi due ore in sella alla bicicletta di suo papà. Si era allontanato molto dalla ciclofficina, e sarebbe dovuto tornare indietro da un bel pezzo ormai, ma non ne aveva nessuna voglia. Aveva attraversato la periferia, i grandi viali verso sud ed era sceso sulle sponde del Tevere. Accanto al fiume correva una pista ciclabile che s'infilava sotto i ponti di Roma come tra le braccia di un antico gigante di pietra e metallo. Gli edifici barocchi ammiccavano oltre l'argine, col languore delle loro finestre ricurve sotto i decori di marmo, le colline fiorite balzavano oltre le svolte una dopo l'altra in un trionfo di profumi ubriachi e le colonne variegate dei ponti battevano il ritmo della corsa con passi pesanti di pietra e mattoni.

Quello era uno di quei giorni in cui le gambe andavano da sole, senza fatica, scandendo la strada in cerchi sospesi tra caviglie e ginocchia. Un movimento armonico che chiedeva di essere ripetuto a ritmo costante e portava nei muscoli il tepore ipnotico di un camino acceso. Suo padre aveva fatto davvero un ottimo lavoro con quella bicicletta... Quindi era anche un po' colpa sua se Anselmo non voleva più scendere dal sellino.

Certo, avrebbe dovuto dare una mano in negozio. Era questo il patto. Poteva lasciare la scuola superiore solo se iniziava a lavorare. Un mestiere pratico, che sporca le mani e fa venire i calli. Anselmo non chiedeva niente di meglio, la scuola non gli era mai piaciuta, aveva imparato molte più cose guardando il mondo dalla sua bicicletta che in tutte le ore passate tra i banchi. In classe si annoiava a morte e finiva sempre per distrarsi, trascorrendo il tempo a guardare il cielo fuori dalla finestra. E poi non poteva stare fermo. Non più di un quarto d'ora. Anche di notte. Cambiava posizione in continuazione. Insomma, era assolutamente inadeguato alla vita dello studente e, per fortuna, suo padre l'aveva capito in tempo.

Anche quando andava in bici gli capitava di desiderare improvvisamente di cambiare posizione. Prendere una strada traversa, invertire la marcia, svoltare. Come adesso.

Una lunga scalinata comparve alla sua sinistra invitandolo a deviare la retta della sua corsa. Scese dalla bici e se la caricò in spalla. Salì le scale e tornò sulla strada, in direzione del centro.

— Greta, amore, perdonami. Stasera non riesco a tornare a casa per cena. Un'emergenza al ristorante.

La voce di sua madre suonò come una cantilena già sentita mille volte nella cornetta dello stesso telefono.

— Occhei — tagliò corto la ragazzina.

— Avrei anche un favore da chiederti. Potresti portarmi la divisa? Me la sono dimenticata a casa. Fra mezz'ora arrivo al lavoro, sono in centro, dietro Campo de' Fiori. Ti ricordi?

Greta alzò gli occhi al cielo. A volte aveva l'impressione di doversi occupare di sua madre come se fosse una bambina, e non viceversa.

— Mamma, io… — provò a controbattere.

— Tesoro, lo so. Però noi due siamo sole e dobbiamo aiutarci.

Ecco fatto, anche stavolta la conversazione si era risolta così. La nenia continuava senza cambiamenti. Adesso toccava a lei e disse quello che aveva sempre detto, rispettando il copione come una brava attrice: — Non preoccuparti, arrivo.

— Grazie, sei preziosa.

La preziosa Greta attaccò il telefono senza dire altro. Prese la divisa di sua mamma, la infilò nello zaino, impugnò il telaio di Merlina e lo sollevò sulla schiena. Scese le scale del palazzo con un solo pensiero: pedalare velocemente. Molto velocemente.

Alle tre e mezzo Emma non era ancora arrivata e la mamma di Lucia iniziava a spazientirsi.

— Noi dobbiamo smontare alle quattro...

— Adesso arriva, mamma. Anche stamattina era in ritardo, forse è il suo carattere.

— Bel carattere! — sbuffò Clara rigirando tra le mani il cestino di fragole che aveva tenuto da parte per le ragazze.

— Scusate, sono in ritardo! — trillò Emma comparendo all'improvviso alle loro spalle.

Clara fece un salto. Lucia, un sorriso.

— Eccola! Ciao. Questa è mia mamma.

— Buongiorno, signora. Mi chiamo Emma. Abito qui dietro ma mi sono persa per i vicoli, Roma è bellissima, ma tutte queste stradine mi disorientano un po'... — disse lei tendendole la mano.

Clara ci mise dentro le fragole.

Emma le annusò estasiata.

— Mia mamma me l'aveva detto che la frutta italiana è speciale, ma queste sono divine!

Colpita e affondata. Emma conquistò la simpatia della signora De Martino all'istante, fare un complimento alla sua frutta era come farlo a lei. Clara le perdonò il ritardo e perfino quella brutta parola che aveva insegnato a sua figlia.

— Allora noi andiamo a fare shopping — annunciò Lucia.

— D'accordo, io e papà smontiamo e poi ci prendiamo un caffè così avete un po' più di tempo, ma rimanete in zona, intesi?

Lucia le saltò al collo per la felicità e le diede un bel bacio di gratitudine.

— Arrivederci, e grazie per le fragole — salutò Emma.

— Divertiti, carciofotta! — strillò papà.

— Carciofotta?! — si stupì Emma.

— Sì, lascia stare, mio papà mi dà soprannomi assurdi. Dove andiamo?

— A comprare un reggiseno! Ti va?

— Io... veramente... non li uso... — bofonchiò Lucia imbarazzata. Era diventata dello stesso colore dei pomodori di papà.

Emma se ne accorse ma non disse niente.

— Allora mi dai qualche consiglio. Va bene?

— Va bene concordò lei sollevata.

Le due imboccarono una strada più ampia e camminarono una decina di minuti fino a raggiungere il grande magazzino più elegante della città. In vetrina luccicavano donne di plastica ricoperte di specchietti microscopici e abiti ridotti ai minimi termini.

Emma prese impaziente la mano della sua amica: — Attraversiamo!

In quel momento, Greta girò l'angolo trascinandosi appresso la sua bicicletta.

— Greta! — la salutò subito Lucia.

Lei ricambiò con lo sguardo furente e doloroso del bambino che è caduto e si è sbucciato le ginocchia.

— Che cosa ci fai qui? Che ti è successo?

Decise di non rispondere alla prima domanda. Aveva appena consegnato la divisa a sua madre, che era già tornata di pessimo umore e pretendeva che lei rimanesse tutto il pomeriggio al ristorante per aiutarla. Se l'era cavata con la storia dei compiti ed era scappata verso casa, ma si era dovuta fermare quasi subito.

— Ho bucato — disse a testa bassa.

— Cavoli.

Lucia aveva detto "cavoli". L'aveva detto per la ventunesima volta. E nel momento più sbagliato che potesse scegliere. Greta si sentì in diritto di stringere le mani intorno al collo di Lucia De Martino e stritolare tutti quei cavoli prima che uscissero di nuovo dalla sua bocca, sfogando così lo sconforto di dover tornare a casa a piedi.

— E adesso come fai? Dovrai tornare a casa a piedi — infierì Lucia.

Per fortuna, Emma intervenne prontamente: — Magari possiamo fare qualcosa per aiutarti?

— Io non ho bisogno del vostro aiuto.

— Mi pare di sì, invece.

— Ti pare male.

— Greta, non è una tragedia. Entriamo in un negozio di biciclette e compriamo una ruota nuova, no?

— Si chiama camera d'aria. E comunque, vedi un negozio di biciclette nei paraggi?

Emma si guardò intorno desolata.

Il vento spazzò la strada con una raffica violenta e improvvisa. Greta chiuse gli occhi, colpiti dalla polvere. Quando li aprì vide una bicicletta verde acqua frenare accanto a lei. Un ragazzo alto, con un cappello da uomo. Guardò Merlina e le chiese: — Hai bucato?

Era lui, il pazzo della discesa. Ci mancava solo questa. Lo scrutò con la ferma intenzione di consigliargli di girare alla larga, ma lui fu più veloce.

— Tu sei… tu! — esclamò con un'allegria del tutto fuori luogo.

— Vi conoscete? — domandò Lucia.

— No — disse lei.

— Sì — fece lui senza darle retta. — Ce l'hai una camera d'aria di scorta?

Greta scosse la testa per dire di no.

— Stavamo cercando di capire se qui in giro c'è un negozio di ciclismo… tu ne conosci uno? — intervenne Lucia.

Anselmo annuì, scese dalla bicicletta, l'appoggiò a un muro, poi afferrò Merlina e la sollevò da terra. Greta scattò subito, odiava che qualcuno toccasse la sua bici, soprattutto uno sconosciuto. Afferrò il suo braccio, all'altezza del polso.

— Fermati!

E qualcosa si fermò davvero. Interrompendo lo scorrere ordinato del tempo. Anselmo sentì le dita di Greta stringersi accanto alla sua mano e solcare la pelle, l'eco di quel contatto improvviso spargersi in tutto il corpo come un vuoto d'aria. La fissò, disegnando con gli occhi il profilo del suo corpo minuscolo.

Lei se ne accorse e sciolse la morsa imbarazzata. Si guardò la mano come non fosse sua e la nascose immediatamente nella tasca della felpa. Abbassarono gli occhi, in apnea.

— Ho capito! Tu sai riparare le biciclette, vero? — trillò Lucia da un posto lontanissimo.

La sua voce di bimba li riportò su questo pianeta.

— Sì, è il mio lavoro — confermò Anselmo.

Fece scattare una leva al centro dei raggi e liberò la ruota.

— Cavoli, che fortuna! Greta, hai visto?

Greta sollevò le spalle, incapace di dire una sola parola, mentre Anselmo svitava il cerchione dal corpo di Merlina. Le sembrò di essere un po' come la sua bici, e che quel ragazzo stesse smontando dei pezzi del suo corpo nel tentativo di riparare qualcosa che si era rotto. Non sapeva spiegare precisamente che cosa stesse accadendo. Qualcosa ribolliva tra le dita della mano con cui gli aveva afferrato il polso, e quel calore le fece tantissima paura.

— Molto meglio di un negozio, no? — ammiccò ironica Emma osservando quel bellissimo ragazzo piovuto dal cielo. Greta fece finta di non averla sentita.

— Già! Possiamo aiutarti? — propose Lucia.

— Sì — rispose lui. — Vedi quella piccola borsa dietro al sellino della mia bici?

Lucia fece cenno di sì.

— Aprila e portami tutto quello che trovi.

La ragazzina trotterellò felice verso la borsa. Dentro c'erano una camera d'aria nuova e tre piccoli strumenti di metallo disposti a incastro in maniera da occupare il minor spazio possibile. Gli attrezzi avevano la forma di bastoncini dei ghiaccioli, ma più tozzi. Anselmo mise la ruota tra le gambe per tenerla ferma e infilò i bastoncini tra il cerchione e il copertone, facendo leva finché la parte di gomma non saltò fuori da quella metallica. Sfilò la camera d'aria ormai sgonfia e la consegnò ad Emma. La ragazza rimase a contemplare quell'orrendo lombrico di gomma sporco e puzzolente senza muovere un dito.

— Scusa, che cosa dovrei fare?

— Mettila da parte. Si può riparare.

— No, grazie. Non mi interessa — fece Emma, che non aveva nessuna intenzione di toccare quella schifezza. Lucia allora si fece avanti.

— A me sì, molto! — disse prendendo in custodia l'oggetto come fosse un tesoro prezioso. Più lo guardava e più quel ragazzo le sembrava stupendo. Quello che faceva, quello che diceva era tutto stupendo. Ma anche se non avesse fatto niente sarebbe stato comunque stupendo. Emma invece iniziava ad annoiarsi.

— Va bene, se abbiamo finito, io e Lucia avevamo una cosa da fare oggi pomeriggio.

— Ma non abbiamo finito, vero? — chiese speranzosa Lucia.

— Non ancora — confermò il ragazzo.

Sistemò la nuova camera d'aria nell'incavo del copertone dopo averla gonfiata un poco. Infilò la valvola nel piccolo foro del cerchione e fece pressione per fissare la gomma nel ferro. Rimontò la ruota sul telaio e finì di gonfiarla.

— Ecco, adesso sì — affermò restituendo la bici alla sua proprietaria.

— Stupendo — sospirò Lucia.

Greta prese il manubrio di Merlina e ringraziò brevemente.

— Quanto costa la riparazione?

— Niente — disse lui. — Mi devi soltanto una camera d'aria nuova.

— Come?

— Ti ho appena dato la mia, domani potrei averne bisogno.

— Giusto! — esclamò Lucia. — Possiamo venire da te e portarti una ruota nuova. Dove lavori?

Emma era sorpresa, non avrebbe mai immaginato che la tenera Lucia potesse essere così intraprendente.

Lucia invece non si era neppure accorta di quello che stava dicendo. L'unica cosa a cui pensava era che doveva rivedere quel ragazzo a tutti i costi. Fosse stato per lei, sarebbe montata sul manubrio della sua bicicletta all'istante. S'immaginava già di attraversare il mercato di Campo de' Fiori sfrecciando tra le bancarelle stretta tra il manubrio e le sue braccia, frenare davanti alle olive della Sora Franca e confidarle finalmente: — È lui il fortunato!

— Lavoro alla ciclofficina di via Gentilini, al 196 — le informò Anselmo.

— Una ciclochecosa? — domandò Emma.

— Dov'è? — le parlò sopra Lucia, che l'avrebbe raggiunto in qualsiasi posto.

— Conoscete il Corviale?

— No — dissero le due amiche.

— Sì — annuì Greta mentre la paura si trasformava in terrore.

— Allora vi aspetto.

— Sì! Ci vediamo domani! Alla ciclochecosa! — trillò Lucia mentre Anselmo scompariva pedalando nel traffico. Rimase a guardarlo mentre si portava via il suo cuore e sospirò estasiata.

— Qui c'è qualcuno che si è appena preso una cotta... — insinuò Emma.

— Io! — confessò euforica Lucia.

Poi si rese conto di quello che aveva appena detto. E anche di tutto quello che aveva fatto negli ultimi cinque minuti. Ed ebbe il terribile sospetto di avere esagerato.

— Ma lui se ne sarà accorto, secondo te?

— Non è che tu abbia fatto molto per nasconderlo...

— E che cosa dovevo fare?

— Vedi, Lucia. La seduzione è questione di dettagli: sguardi, silenzi, attese. Mistero.

— Lo sapevo che tu te ne intendevi di ragazzi!

— Be', un po'... sì.

— Allora mi devi spiegare tutto perché io invece non ci capisco niente, però lui è stupendo, vero che è stupendo? Come faccio a farlo cadere ai miei piedi?

Ecco, la conversazione iniziava a farsi davvero insostenibile.

— Io vado — annunciò Greta.

— Posso tenere la ruota bucata? Come ricordo...

Insostenibile e molesta.

Greta scappò senza aggiungere altro.

— Ha detto di sì?

— Certo! — la rassicurò Emma. — E adesso andiamo a comprare qualcosa di carino per domani.

Tre

Il giorno dopo, a scuola, Emma e Lucia si scambiarono una tonnellata di bigliettini, confabularono per tutto l'intervallo e scomparvero a turno per più di dieci minuti con la scusa di andare in bagno. Greta le osservò a distanza di sicurezza, sperando che fra di loro fosse nata una grande amicizia da cui avrebbe visto bene di tenersi alla larga. Ma aveva sottovalutato un'altra volta Emma Kildare.

All'uscita infatti la rossa le si fece sotto e disse: — Allora ci vediamo oggi pomeriggio?

— No, perché?

— Devi restituire la camera d'aria a quel ragazzo.

— Pensavo che volesse farlo Lucia.

— Ma sarebbe meglio che andassimo tutte insieme. In fondo non sappiamo neppure chi sia quel tipo... — le fece notare Emma.

— E poi in tre è più divertente! — azzardò Lucia.

Greta allungò il passo verso il cancello e prese le chiavi per slegare Merlina.

— Sentite, secondo me state esagerando. Si tratta soltanto di restituire una camera d'aria. Ci vogliono due minuti. Che cosa può succedere in due minuti?

— Ecco, appunto, non può succedere niente. Questo è il problema — sbuffò Lucia.

— Se invece vieni tu, con la tua bici, magari si trova qualche cosa da riparare, un piccolo guasto e possiamo rimanere nelle ciclofficina un'oretta. Così, a chiacchierare un po'... — propose Emma.

— La mia bici non ha nessun guasto.

— Ma neanche una cosa piccola piccola?

— No.

— Magari potresti togliere tutta quella ruggine e ridipingere questi... tubi di ferro.

— Se state cercando una scusa per trascinarmi in quel posto state perdendo il vostro tempo.

Ciò detto, Greta inforcò Merlina e salutò le due ragazze, scappando il più lontano possibile.

Faceva fatica ad ammetterlo, ma il solo pensiero di rivedere Anselmo le faceva battere il cuore all'impazzata, come alla fine di una discesa troppo pericolosa, e non le piaceva affatto sentirsi così.

— Il tuo piano non ha funzionato molto bene — commentò Lucia.

Silenzio.

— Che facciamo adesso?

Ancora silenzio.

— Emma?

— Mmm?

— Che cosa facciamo adesso?

Emma misurò la sua amica con un lungo sguardo: — Tu hai un fratello vero?

— Ne ho due. Ma cosa c'entrano i miei fratelli, adesso?

— Uno di loro fa il vigile, non è così?

— Sì, ma...

— Credi che sarebbe disposto a farci un favore?

— Io... beh, sì certo.

— Allora chiamalo subito.

Seduto sul divano graffiato, Anselmo scrutava il disegno delle vene dei suoi polsi. Una mano in grembo, l'altra a sfiorare le tracce sottili del sangue sotto la pelle. Premette due dita e ascoltò le pulsazioni attraverso i polpastrelli. Cos'era successo il giorno prima? Cos'era quel vuoto che, improvvisamente, gli aveva rubato un respiro? Dov'era finito quel respiro? Vide gli occhi verdi di quella ragazza arrabbiata schiudersi come una foglia appena germogliata, il suo sguardo aveva creato una spazio che prima non c'era e da dove quegli occhi continuavano a fare domande. Scrollò le dita cercando di levarsi di dosso quel colore, quel vuoto e tutte quelle domande. Niente. Rimaneva tutto lì. Non se ne andava.

— Va ora in onda *Spiegel im Spiegel*, specchio nello specchio. Di Arvo Pärt — disse la voce triste alla radio.

Le note brevi del pianoforte sgocciolarono dal soffitto sul suono terroso di una viola. Ogni goccia uno specchio. In ciascuno il riflesso di lei.

— Hans? Sei vivo?

Sciagalle spolverò il naso di Anselmo con un pennello risvegliandolo dal vortice dei suoi pensieri. Il suo amico si era sempre ostinato a chiamarlo così: Hans. Faceva un po' la voce da tedesco quando diceva il suo nome. Aspirando l'acca con forza.

— Ti stai facendo un'altra di quelle domande inutili tipo il cappuccino nella plastica, dì la verità...

Quello che diceva il suo amico non era del tutto falso. Gli sorrise scuotendo piano la testa, senza rispondere.

— Guarda che non ti fa bene stare tutto il giorno seduto sulla Zeccarola. La Zeccarola intristisce!

Ecco un altro nomignolo di Sciagalle, inventato per definire il divano graffiato. Secondo il pittore, quel mobile orrendo offendeva il buon gusto. Avrebbe voluto dargli un tocco di colore, anche una cosa piccola, due farfalle qua e là, ma Guido si era opposto in tutti i modi. Così Sciagalle aveva iniziato a chiamarlo "La Zeccarola" per dire che solo le zecche ci si sarebbero sedute volentieri. E infatti Anselmo non sembrava affatto felice di stare tra quei cuscini sbiaditi.

— Oh! Che c'hai? Sembri una statua di marmo... Ti faccio un decoro — scherzò l'amico.

— Non oggi — intervenne Guido. — Ora Hans deve andare.

Anselmo si accorse in quel momento che il vento si era sollevato, soffiava oltre le finestre, scuoteva le lenzuola stese al sole e i grovigli di polline per strada. L'elica stava girando, aveva già preso velocità. Il suo fischio acuto risuonava stonato tra le note dolci del piano alla radio. Non aveva nessuna voglia di uscire. Voleva rimanere lì, ad aspettare quella ragazza con gli occhi arrabbiati. Se quel pomeriggio fosse arrivata, non si sarebbero incontrati. E forse non l'avrebbe rivista mai più.

— Per oggi magari potrei rimanere qui, tanto ci posso andare la prossima volta? — propose timido a suo padre.

Guido lo guardò stranito: — Non puoi. Il tempo è adesso.

Era vero, ma per la prima volta nella sua vita Anselmo avrebbe voluto che non fosse così. Tanto valeva fare in fretta allora, se si sbrigava magari avrebbe avuto qualche possibilità di incontrarla al suo ritorno. Appoggiò una mano sulla spalla del pittore e lo salutò.

— Ci vediamo fra un po', amico.

Lui annuì deluso.

— Peccato, però. Ieri ho fatto un telaio con tutti pallini colorati. È venuta un capolavoro. Ora da Sciagalle mi dovete promuovere a Vangogghe. Me lo sono meritato.

Guido si fece una risata, Anselmo invece si rabbuiò. Prese un mazzo di chiavi legate con un laccio di cuoio e s'infilò in una piccola porta sul fondo della stanza. Quando tornò in ciclofficina aveva la borsa da postino a tracolla, carica, pesante e gonfia come una lacrima.

Greta sapeva che era meglio non farlo, ma quando la strada era abbastanza sgombra e l'asfalto abbastanza liscio abbandonava il manubrio e pedalava con le mani appoggiate sulle gambe. Era necessario un rettilineo, con l'asfalto regolare, non troppo trafficato e piuttosto ampio. C'erano pochissime vie così a Roma. La maggior parte avevano buche profonde come crateri, ma proprio accanto a casa sua aveva trovato un posto perfetto: la corsia preferenziale degli autobus. I mezzi pubblici erano scarsi e sempre in ritardo, quindi quel posto era una specie di pista ciclabile involontaria dove Greta poteva sentirsi libera di cavalcare la sua bici come un destriero in un prato sterminato. L'unico problema erano i semafori.

Il rosso scattò e fu costretta a interrompere la sua corsa. Stava osservando il flusso monotono delle auto davanti a sé quando la moto blu di un vigile si accostò con i lampeggianti accesi.

— Andare in bici senza mani è pericoloso — disse l'uomo sotto al casco. — Ed è anche vietato.

— Mi scusi — balbettò Greta colta alla sprovvista. — Non lo sapevo.

— Scenda dal mezzo — ordinò l'uomo — e mi mostri i documenti.

Greta obbedì senza fiatare, anche se la situazione le sembrava surreale. Il vigile controllò la carta d'identità e poi si chinò sulla bicicletta ispezionandola nei minimi dettagli.

— Non ci siamo. I freni vanno cambiati. Sono logori. Quando hai fatto l'ultima revisione?

— Io non credevo che fosse necessario fare la revisione alle biciclette...

— Non solo è necessario, è obbligatorio. Adesso devo farti una multa.

Greta impallidì, la multa no. Che cosa avrebbe raccontato a sua mamma?!

— No, la prego. Le prometto che cambierò i freni.

Il vigile scosse la testa e sfoderò il blocchetto delle contravvenzioni.

— Per favore! Guardi, ci vado oggi. Va bene? C'è un posto qui vicino che ripara biciclette.

— Troppo tardi, dovevi pensarci prima.

— La prego! Ci metto un attimo, guardi è proprio lì.

Greta indicò verso sinistra: — In via Gentilini, al 196.

L'uomo cambiò espressione. Chiuse il blocchetto e se lo mise in tasca.

— E va bene, ma se domani la vedo ancora in giro con il mezzo non revisionato, sarò costretto a farle un multa ancora più salata. Intesi?

— Sì, sì. Non si preoccupi, vado subito.

Il vigile rombò via. Greta tornò in sella con le mani ben piantate sul manubrio e il cuore in subbuglio. Non aveva più scuse, adesso avrebbe dovuto rivedere il ragazzo della ciclofficina. Sentì di nuovo quella sensazione nel palmo. Come il giorno prima, quando gli aveva afferrato il polso per impedirgli di toccare la sua bicicletta, ed ebbe la stessa paura.

Calmati, Greta. Vai lì, gli lasci la bici e torni a prendertela quando è pronta. Non sei tenuta a rimanere in quel posto se non ti va. Te ne puoi andare quando vuoi. Ma più si ripeteva quelle parole, meno si sentiva tranquilla.

— Allora? Che ti ha detto? — chiese Lucia impaziente.

Suo fratello si tolse il casco con il gesto risoluto di un

eroe che brandisce il suo elmo di ritorno da una grande vittoria, e scese dalla moto blu.

— Che andrà alla ciclofficina oggi pomeriggio.

La sorellina gli saltò al collo per la gioia.

— Grazie! Sei il fratello migliore del mondo.

— Poi un giorno mi spiegherai che cosa ho fatto esattamente, perché ancora non l'ho capito.

— Sì, sì. Un giorno, quando sarai grande — ridacchiò Lucia.

Dalla moto arrivò il segnale della ricetrasmittente che comunicava un messaggio dalla centrale dei vigili di Roma.

— Devo andare. Fai la brava.

— Anche tu.

Lucia aspettò che la moto blu fosse abbastanza lontana, poi prese il telefonino e chiamò Emma.

— Sei un genio! Ha funzionato!

— Benissimo, adesso scatta la fase due.

— Sì! La fase due... qual è la fase due?!

— L'appostamento!

— Ah, sì, certo. Come no. Che cos'è l'appostamento?

Emma sbuffò rassegnata.

— Senti, passo a prenderti tra dieci minuti e te lo spiego.

— Va bene, ti aspetto.

Dopo un quarto d'ora Emma arrivò alla bancarella dei signori De Martino con gli occhiali scuri, un miniabito giallo canarino e una cartina di Roma sotto braccio.

— Dove andate? — s'informò la mamma.

— A fare un giro al parco — mentì Emma.

— E la cartina?

— Per imparare le vie... vivo a Roma da così pochi giorni...

La signora la squadrò senza troppa convinzione. Lucia afferrò la mano della sua amica e la trascinò verso l'uscita del mercato.

— Quanto sei bella! Fortunato chi se la piglia — le salutò la Sora Franca.

— Andiamo a prenderci questo fortunato! — commentò Emma a bassa voce.

Lucia scoppiò a ridere, strinse forte la mano della sua amica e si mise a correre verso la fermata dell'autobus emozionata: — Sì, andiamo!

Pedalare controvento è molto faticoso. In salita e controvento ancora peggio. In salita, controvento e col fiato spezzato dal panico è impossibile. Greta abbandonò la sua lotta contro i pedali scendendo sconfitta coi piedi per terra. Spinse la bici oltre la salita sotto gli alberi a bordo strada. I primi fiori rosa spuntavano da rami senza foglie circondati da un cielo azzurro striato di nuvole sottili. Arrivò all'incrocio con via Gentilini con il cuore in gola e le gambe vuote. Stringeva il manubrio di Merlina come il timone di una nave nella burrasca, certa che sarebbe presto arrivata un'onda gigantesca a sommergerla.

E invece ne arrivarono due: Emma e Lucia. Le ragazze erano rimaste appostate dietro l'angolo per una buona mezz'ora, in attesa della loro preda.

— Ciao, Greta. Che coincidenza! — trillò Emma agitando il suo cappellone per attirare l'attenzione della ragazza.

— Ehi, che ci fai qui? — domandò Lucia con aria innocente.

Greta provò uno strano senso di sollievo nel vederle. Per la prima volta, la presenza di quelle due la faceva sentire meglio.

— Devo sistemare i freni. E voi?

Lucia sfoderò una scatolina di cartone che conteneva una nuova camera d'aria, la mostrò orgogliosa alla sua amica ciclista e cinguettò: — Uso una scusa qualsiasi per rivedere quel ragazzo, da quando l'ho incontrato non riesco a pensare ad altro.

— E io penso a tutto il resto — aggiunse Emma.

Greta sorrise. Con le labbra strette e gli occhi bassi, una smorfia che neanche sembrava un sorriso ma lo era, ed era sincero.

— Allora possiamo andare insieme — concluse camminando verso la grande elica all'entrata della ciclofficina.

Lucia la guardò esterrefatta. — Cavoli, pensavo che si sarebbe arrabbiata con noi.

— Te l'avevo detto che faceva finta... ammiccò Emma.

Bellezza

Quando Guido vide entrare tre ragazzine di tredici anni nella sua officina, pensò subito che si fossero perse, soprattutto perché quella con i capelli rossi era vestita come una star del cinema in vacanza sulle spiagge francesi. Ma poi i suoi occhi caddero su una vecchia Olmo mezzo arrugginita, e capì di trovarsi davanti a un trio molto promettente.

— Buongiorno — esordì la più piccoletta, con la faccia paffuta. — Stavamo cercando un raga…

La rossa le diede una gomitata nello sterno come per impedirle di continuare la frase.

— Un regalo! Stavamo cercando un regalo!

Guido aprì le braccia indicando lo spazio intorno a sé.

— Qui ci sono solo biciclette...

— E infatti volevamo proprio una bicicletta, se no che cosa ci venivamo a fare qui, no?! — improvvisò la rossa.

— Eh già — sorrise quella con la faccia paffuta.

Guido annuì, poi si avvicinò a Merlina.

— Vedo che ne avete già una. Un modello piuttosto raro, molto bella — disse sorridendo verso Greta. — Siete appassionate?

— Molto appassionate! — azzardò Emma.

— Bene — approvò l'uomo. — Allora siete nel posto giusto!

Lucia si guardò attorno delusa.

— Ma lui non c'è... — sbuffò sottovoce.

— Meglio, ne approfitteremo per raccogliere qualche informazione. Così quando tornerà saprai come comportarti — sussurrò Emma.

Le sopracciglia di Lucia si trasformarono in due punti interrogativi. Stava per chiederle che cosa intendesse dire, ma si rese conto che era calato il silenzio più totale.

Guido stava esaminando il telaio di Merlina con grandissima attenzione, come se fosse la cosa più stupefacente che avesse mai visto.

— Devo fare la revisione ai freni — lo informò Greta.

— No — sentenziò secco il meccanico — i freni sono in ottimo stato.

Lei arrossì, non voleva raccontare la storia del vigile,

perché si vergognava, ma le dava più fastidio passare per quella che non capiva niente di bici. Quindi cercò di rimediare: — Lo so, però mi hanno detto di fare una revisione…

— Te l'ha detto un ciclista?

— No, non proprio.

— Chi non pedala non capisce — tagliò corto Guido.

Era vero, l'aveva sempre pensato anche lei. E, per una volta, sentiva di non essere sola. Era una bella sensazione. Molto bella.

— Guarda quanta ruggine! — disse la voce di un ragazzo alle loro spalle. Aveva un pennello in mano e le mani macchiate di rosa.

— Qui c'è da divertirsi parecchio — ammise Sciagalle. — Prendi la carta vetrata… come ti chiami?

— Greta.

— Piacere, Corrado. Ma qui mi chiamano Sciagalle. Perché sono un artista.

L'artista indicò un grande rotolo di carta vetrata appoggiato alla parete degli attrezzi.

— Dai che la rimettiamo a nuovo questa signorina.

Stava parlando della sua bici, l'aveva chiamata "signorina"… Questa ciclofficina le piaceva sempre di più. Si avvicinò al muro e strappò un pezzo di carta ruvida.

— E adesso?

— E adesso gratta!

— Aspetta — intervenne Guido. — Prima mettiti questi.

Le diede un paio di guanti da lavoro. Greta li infilò e si mise subito all'opera, seguendo tutti i consigli dell'artista. Guido invece si voltò verso Emma e Lucia, con un paio di guanti per ciascuna.

— No, guardi. La ringrazio molto ma io non sono proprio portata per i lavori manuali — declinò Emma.

— Però se si tratta di aiutare un'amica non ci tireremo certo indietro, vero Emma? — fece Lucia con un tono che non ammetteva repliche. Avrebbe fatto di tutto per rimanere in quel posto il più a lungo possibile. Il ragazzo dei suoi sogni non si era ancora fatto vivo, ma magari sarebbe arrivato più tardi. Si infilò i guanti e si mise a grattare la ruggine con grande impegno.

— Ammazza, sei forte! — si complimentò Sciagalle.

— Grazie! — ridacchiò Lucia lusingata.

Emma osservò le braccia cicciotte della sua amica sobbalzare sotto i colpi di carta vetrata e scosse la testa. Non era venuta lì per riparare biciclette, ma per portare avanti le sue indagini su quel misterioso ragazzo. E le era appena venuto in mente un modo per scoprire qualcosa di più.

— E se invece noi due ci occupassimo di quel regalo? — domandò giuliva a Guido.

L'uomo annuì: — A che tipo di bicicletta stavi pensando?

— Un modello da uomo, per un ragazzo sui diciassette anni, alto, magro... non conosco bene i suoi gusti, ma magari a lei è capitato di vendere biciclette a ragazzi così.

— Sì — rispose laconico Guido.

— E che cosa mi suggerisce?

Guido attraversò la stanza, diretto verso la fila di biciclette che aveva appena riparato. Emma schiacciò l'occhio a Lucia e lo seguì come un segugio, alla ricerca di una traccia... Ed eccola, nascosta dietro a una colonna, la Bianchi verde acqua. La stessa bici su cui viaggiava il bersaglio delle sue indagini il giorno in cui si erano incontrati.

— Voglio quella —indicò Emma.

Guido scosse la testa: — Non è in vendita.

— Perchè? Appartiene già a qualcuno? — insinuò.

— È di mio figlio.

Bene, prima informazione recuperata. Ora l'inarrestabile Emma avrebbe messo quell'uomo in un angolo, scoprendo tutto quello che c'era da sapere. Decise di partire con qualche complimento, tanto per rabbonire la preda.

— È veramente bellissima! — disse avvicinandosi al manubrio. — E poi mi sembra in ottimo stato.

— Ho finito di restaurarla pochi giorni fa.

— Sono impressionata... ottimo lavoro!

Emma vide comparire sul volto di Guido un sorriso compiaciuto, il suo piano stava funzionando, ora era arrivato il momento di aggredire. Da tempo aveva capito che il miglior modo per ottenere quello che voleva era fingersi stupida e inoffensiva, così chiese: — E questa scritta sul telaio è per suo figlio?

Guido ridacchiò: — No, quella è la marca.

— Ah, certo, che sciocca e… come si chiama suo figlio?

Guido squadrò la ragazza con sospetto. Emma ebbe la sensazione che avesse capito perfettamente il suo gioco, ma rispose lo stesso.

— Anselmo.

Che nome strano. Antico e raro. Emma cercò di immaginare perché qualcuno volesse dare un nome così a un bambino appena nato, ma non ci riuscì.

— Che nome stupendo! — sospirò Lucia, che aveva origliato tutta la conversazione. Greta sentì qualcosa stringersi nello stomaco ma fece finta di niente, concentrandosi sulla ruggine da grattare. Intanto l'interrogatorio continuava.

— E dov'è Anselmo adesso?

Stavolta, però, Guido non aveva nessuna intenzione di rispondere. — In giro — disse sommariamente.

Afferrò il piccolo manubrio di una Touring rosso amaranto e sfilò la bici dal mucchio.

— Che ne dici di questa? Ci sono alcuni raggi da sostituire, ma non ci vorrà molto lavoro.

— Sono indecisa — temporeggiò Emma — avrei proprio bisogno del consiglio di un ragazzo… suo figlio quando torna?

— Non lo so, dopo la chiusura, credo — rispose vago il padre.

— Nooo… — sussurrò Lucia alle sue spalle.

Emma ebbe la netta sensazione che quell'uomo non volesse parlare né di suo figlio né di quello che stesse facendo quel pomeriggio. La domanda era perché. In ogni caso era inutile aspettarlo ancora, era evidente che quel giorno non l'avrebbero incontrato. Ma prima di andarsene c'era ancora una cosa che voleva fare.

— Guardi, ci devo pensare — disse come se stesse comprando un paio di scarpe.

Guido si accovacciò davanti ai raggi malmessi: — Io inizio a ripararla comunque.

Perfetto, se era distratto dal suo lavoro non avrebbe notato che lei stava per lanciarsi in una perlustrazione minuziosa della ciclofficina alla ricerca di un segno, magari un vestito o una foto o un libro, insomma, qualcosa che le parlasse di Anselmo. Non c'era niente di simile in giro. Però vide la porticina sul fondo della stanza che la incuriosì parecchio. Decise che avrebbe iniziato da lì.

— Il bagno è da questa parte? — chiese.

Guido annuì.

— Aspetta! Vengo anche io! — saltò su Lucia. — Devo lavarmi le mani.

Si era stufata già da un pezzo di grattare la ruggine, e poi Sciagalle continuava a sorriderle e a guardarla con due occhi languidi che la mettevano un po' a disagio. Inoltre era molto curiosa di capire che cosa avesse scoperto Emma e voleva parlare in privato.

Dietro alla porta si apriva un breve corridoio che dava su un cortile interno. A destra la stanza da bagno. Emma la ispezionò brevemente senza trovare nulla di interessante. Decisero quindi di dare un'occhiata in cortile. Un piccolo spiazzo di terra battuta stritolato tra i palazzi grigi. Il cielo come un francobollo azzurro. Tutti i muri erano ciechi, a parte uno in cui si apriva un arco di mattoni chiuso da un portone di ferro scuro. Emma si avvicinò di soppiatto. C'erano una catena con un lucchetto e un paio di chiavi legate da un laccio di cuoio che pendevano dalla serratura. Qualcuno doveva averle dimenticate appese dentro al lucchetto. Un vero colpo di fortuna! Emma ne approfittò subito.

— Aspetta! E se ci scoprono? — si spaventò Lucia.

— Shhh! — la zittì Emma. — Nella vita bisogna correre qualche rischio.

Aprì la porta senza pensarci un secondo di più e s'infilò nella stanza. Quello che videro le lasciò senza fiato. Un'aula gigantesca, con i soffitti a volta e le pareti interamente ricoperte di scaffali. Lettere, cartoline, piccoli pacchetti imballati in carta da regalo o da spedizione riempivano i ripiani a perdita d'occhio. Ogni scaffale era contrassegnato da una targa su cui comparivano alcuni numeri e una parola. I numeri erano date e le parole nomi di vento: Libeccio, Tramontana, Zefiro, Favonio ...

— Dove siamo? Che cos'è questo posto? — chiese Lucia sbalordita.

— Io... non lo so. Sembra un archivio, però non capisco...

Le sue parole furono interrotte da un rumore di passi. Li sentirono rimbombare in cortile.

— Dobbiamo uscire di qui, adesso! — sussurrò terrorizzata Lucia.

Le due sgattaiolarono fuori appena in tempo. Chiusero la porta alle loro spalle e attraversarono il cortile. Dal cono d'ombra del corridoio emerse la figura di Guido.

— Vi siete perse?

— Eh, in effetti sì... non riusciamo a trovare il bagno... — bofonchiò Emma.

Guido allungò una mano e aprì la porta dei servizi.

— È proprio qui.

— Ah, eccolo! Che sbadate! — sorrise Lucia.

Le due s'infilarono nello stanzino sotto lo sguardo perplesso di Guido.

— Non dovevamo entrare in quella stanza! — bisbigliò Lucia agitatissima.

— Non ti preoccupare, non scoprirà mai che siamo state là dentro. Ma adesso è meglio che andiamo via. Tu sei troppo nervosa. Potresti insospettirlo.

— Sì, hai ragione. Mi devo calmare.

Lucia fece un profondo respiro.

— No, non ci riesco!

— Va bene. Tranquilla. Seguimi e basta.

La prese per mano e tornarono nell'androne dove Greta stava ancora grattando la ruggine.

— Noi dobbiamo tornare a casa, è tardi — disse Emma.

— Sì, molto tardi — confermò Lucia.

— Andiamo, Greta?

Lei alzò gli occhi sulle sue amiche con una strana sensazione. Non le andava di lasciare quel posto. Stava bene lì. Poi pensò che presto sarebbe tornato Anselmo e che l'avrebbe trovata lì. Avrebbe pensato che si era fermata per aspettare lui. E questo non doveva succedere. Nessuno doveva sapere che cosa stava succedendo. Neppure lei lo sapeva esattamente, sentiva soltanto una grande confusione nella testa. Meglio andare via. Magari sarebbe tornata un altro giorno. Magari no. Meglio andare via.

— Sì. È tardi anche per me — mentì.

— Ma qui non abbiamo ancora finito — obiettò Sciagalle. — Come dice sempre il maestro: non si lascia un lavoro a metà. — Lo disse con un tono di voce che voleva imitare quello di Guido, ma non ci riusciva per niente.

Greta non gli diede retta, salutò tutti e saltò in sella alla sua bici incompiuta. Scomparve nel tramonto seguita dalle sue amiche. Il pittore le guardò andare via rassegnato.

— Certo che le ragazze sono strane, eh? Io ci provo a capire, m'impegno. Che sono pure uno che c'ha una certa fantasia. Però non ci riesco. Proprio non ci riesco…

Anselmo frenò bruscamente in mezzo al traffico. Una valanga di clacson lo investì senza compassione, ma lui non li sentì neppure. Afferrò la borsa ormai vuota, frugò in tutte le tasche e aprì tutte le cerniere. Poi cercò nei calzoni, nella giacca di pelle, ancora nella borsa. Niente. Le chiavi del magazzino erano sparite. Sterzò e pedalò forsennatamente verso la ciclofficina, sperando di non averle perse e che fossero rimaste nel negozio, da qualche parte. Ma quando vide suo padre, capì subito che era successo qualcosa di grave.

— Oggi sono venute tre ragazze — raccontò Guido appena lo vide varcare la soglia. — Credo cercassero te.

Anselmo abbassò gli occhi imbarazzato.

— E invece hanno trovato queste — concluse mostrando le chiavi legate al laccio di cuoio. — Le avevi dimenticate nella porta.

Il ragazzo sbiancò.

— Sono entrate nel magazzino ?!

— Non lo so. Spero di no.

Silenzio.

Guido lo osservò con attenzione. L'aveva già notato quel mattino, ma dopo l'episodio delle chiavi ne era certo. Era successo qualcosa.

— C'è qualcosa di cui mi vuoi parlare? — chiese al figlio.

Anselmo sprofondò sul divano graffiato.

— No.

Il padre si sedette al suo fianco, continuando a guardarlo.

— Allora parlerò io.

Anselmo rimase immobile.

— Tu sei una persona speciale e le persone speciali non

possono comportarsi come tutte le altre. Hanno il dovere di essere migliori.

No, ecco. La predica delle persone migliori non voleva proprio sentirla, non oggi.

— Mi sono soltanto dimenticato un paio di chiavi — si giustificò ma Guido non gli diede corda.

— Sai di che cosa sto parlando.

Lo sapeva fin troppo bene. Sapeva che quelle chiavi erano più preziose di tutte le altre chiavi del mondo, che lui ne era il custode e che era suo preciso dovere assicurarsi che non finissero mai nelle mani sbagliate, che non poteva perderle, non poteva prestarle e, meno che mai, poteva dimenticarsele attaccate al lucchetto del magazzino. Ma quel giorno nella sua testa c'era qualcosa di ancora più importante. Che aveva cancellato per un attimo il dovere di essere una persona migliore, la condanna ad essere una persona speciale e gli aveva fatto pensare che poteva essere semplicemente ciò che era, senza segreti da custodire o messaggi da recapitare. Senza niente da dire o niente da dare.

Non era qualcosa, era qualcuno e, per un momento aveva avuto un unico desiderio: quello di rimanere lì, accanto ai suoi occhi, nell'ombra verde di un bosco infinito. Era stato un momento bellissimo... nel quale aveva compiuto il suo primo errore.

— Non deve capitare mai più — disse suo padre.

Non c'erano rimprovero né delusione nella sua voce, soltanto la certezza di chi sa che quella è l'unica cosa possibile.

— Lo so — ammise il ragazzo.

Guido gli restituì le chiavi del magazzino, le mise nelle sue mani e le chiuse in un pugno.

— E adesso torniamo a casa.

Anselmo annuì.

Poi infilò le chiavi in tasca e aiutò il padre a sistemare gli attrezzi prima della chiusura, preparandosi a commettere il suo prossimo bellissimo errore.

— Pronto, Lucia? Dobbiamo parlare.

— Ciao, Emma... aspetta. Vado di là.

Lucia abbandonò il divano dove mamma e papà sedevano davanti al televisore come due gufi davanti alla luna. Stessi occhi a palla, stessa espressione distante, stessa figura abbondante.

— Eccomi, che cosa volevi dirmi?

— Ho sentito Greta. Si rifiuta di tornare alla ciclofficina. Non so perché. Dice che può dipingersi il telaio da sola, tanto ha capito come si fa.

— Vedi, è tornata antipatica.

— Non lo so, e comunque l'ho convinta a partecipare alla fase tre del nostro piano.

— Brava! Come hai fatto?! Ma qual è la fase tre del nostro piano?

Emma fece una pausa per raccogliere le idee.

— Quello che abbiamo visto oggi nel magazzino... Io credo che Anselmo e Guido nascondano qualcosa. Qualcosa che ha a che vedere con tutti quei pacchi e quelle buste e quelle lettere. L'unico modo che abbiamo per scoprire il loro segreto è tornare alla ciclofficina per indagare.

— Per me va bene, così posso dirgli che adesso è il mio fidanzato.

— Chi?

— Anselmo. Ci siamo fidanzati. Cioè, con le firme.

— Scusa, non capisco.

— Ho fatto il gioco delle firme. E mi è venuto fuori duecento! Guarda che è un punteggio altissimo. Con duecento puoi fidanzarti.

— Continuo a non capire.

— Si fa così: ogni lettera è un numero. La A è uno, la B è due, la C è tre e così via per tutto l'alfabeto. Se la somma delle lettere del nome e del cognome delle due firme supera 150, allora si sono simpatici, se super 180 si piacciono, se supera 190 si amano. Noi facciamo duecento, quindi possiamo fidanzarci! Ti rendi conto! È stupendo!

— Quindi significa che conosci il cognome di Anselmo.

— Veramente no. L'ho inventato... ci ho messo tantissime Z!!! — esultò tutta contenta. — Ma in amore ci vuole fantasia!

Emma rimase un attimo in silenzio a chiedersi se fosse il caso di aggiungere qualcosa alle parole della sua dolce, ingenua amica. Decise che non era il caso e cambiò argomento.

— Ho pensato a un nuovo piano per tornare alla ciclofficina.

— Spara.

— Dobbiamo procurarci la bicicletta più scalcagnata del mondo. Così avremo un'ottima scusa per trascorre lunghe ore a grattare ruggine e fare indagini in quel posto.

— Mi sembra un'idea geniale! Possiamo andare a Porta Portese domani mattina, è un mercato di strada e ci sono un sacco di cose scalcagnate.

— Perfetto.

— Però come facciamo a comparare la bici?

— Con i soldi?

— Io ho... dodici euro. Tu?

— Non ti preoccupare, a comprare la bici ci penso io.

— Grazie! Ma non è giusto, devo fare qualcosa per sdebitarmi... Vuoi che ti faccio il gioco delle firme con un ragazzo che ti piace?! Ti prego!

Emma scoppiò a ridere.

— In questo momento non mi piace nessuno...

— Allora mi avvisi tu quando ti piace qualcuno, va bene?

— Va bene — ridacchiò Emma.

— Promesso?

— Sì, promesso.

— Emma?
— Sì.
— Lo sai che questo vuol dire che devi rimanere a Roma per un po'.
— Perché?
— Come perché?! Adesso che hai promesso non puoi partire subito per un altro viaggio. Devi dirlo a tuo papà. Che non potete partire subito.

Lucia pronunciò quelle parole come se fossero la cosa più naturale del mondo. Come se davvero Emma potesse convincere suo padre a non trascinarla in giro per il mondo dicendogli semplicemente che aveva promesso a una sua amica di rimanere perché dovevano fare il gioco delle firme. Sarebbe stato bellissimo. Avere un'amica per sempre e restare con lei. Ma sapeva che era impensabile per i suoi genitori.

— Intanto noi ci vediamo domani mattina — chiuse brevemente.

— Sì, non vedo l'ora!

Lucia schiacciò il tasto rosso del cellulare e tornò sul divano in mezzo a mamma e papà gufo.

Emma appoggiò la cornetta e attraversò il lungo corridoio lastricato di marmo della sua nuova casa. Colonne di scatoloni incombevano su di lei come i guardiani di un palazzo disabitato. I suoi genitori, nella sala da pranzo, stavano discutendo con alcuni ospiti inglesi sulle difficoltà che comporta ogni trasloco. Discorsi sentiti mille volte.

Sgattaiolò in camera sua sperando che nessuno si accorgesse della sua presenza.

— Emma, tesoro. Vieni a salutare gli ospiti — fece sua madre con quel tono da gran dama che Emma-Tesoro odiava profondamente.

E va bene, non aveva scampo. Doveva fare la solita recita della figlia poliglotta e carina che sorride agli amici di mamma e papà e racconta quanto è felice di girare il mondo insieme alla sua brillante famiglia. Peccato che lei odiasse girare il mondo e che l'unica cosa che brillava nella sua famiglia fossero i diamanti di sua madre. E poi, dopo le parole di Lucia, le era venuta una gran voglia di fare qualcosa di impensabile!

Corse lungo il corridoio ed entrò nella sala scivolando a braccia spalancate e strillando come una pazza: — *Good evening, ladies and gentlemen!*

Fece una piroetta intorno a sua madre e scomparve nel buio del corridoio senza aggiungere altro.

Papà Kildare rimase impassibile. Prese il calice del vino e bevve un sorso guardando sua moglie con due occhi di vetro. Lei si sentì in obbligo di dire qualcosa, qualunque cosa piuttosto che quel silenzio insostenibile.

— Mia figlia è così... vivace — minimizzò davanti agli ospiti. — Posso servire la zuppa di pesce?

Emma sentì quelle parole disperdersi alle sue spalle insieme all'odore dell'orrenda zuppa di sua madre. E fu molto bello.

La bicicletta ama l'aria perché il cielo è luogo
di tutti i sogni e della libertà. La bicicletta ama
la terra perché la terra è il luogo di tutte le strade
e dei rifugi. La bicicletta ama il silenzio perché
rivela il suono della vita che pulsa nei muscoli.
Nel silenzio fra cielo e terra nascono tutte
le cose, la bicicletta si muove attraverso
di loro con eterno stupore.
E noi muoviamo la bicicletta.

Risposte

Il mercato di Porta Portese c'è il sole anche quando piove. Il disordine variopinto delle bancarelle riscatta il cielo più cupo dalla sua banalità; la folla, che stringe da ogni lato, protegge dal freddo di una giornata che non doveva andare così; le voci dei commercianti zittiscono quelle del temporale cantilenando offerte di felicità. Chi entra a Porta Portese non trova mai quel cerca ma qualcosa che non sapeva neppure di desiderare. All'ingresso i loro sguardi viaggiano all'altezza dei tavoli dove la merce più varia viene accatastata senza rimorso, come se fosse piovuta dal cielo in quel preciso istante. Man mano che ci si addentra per le piazze e i vicoli, i tavoli diventano tovaglie e poi coperte buttate a terra e gli sguardi si abbassano verso la strada. Qui si può trovare ogni cosa. Il salvadanaio che avevi da bambino, comodini che hanno visto tempi migliori, tazzine da caffè con l'immagine del Colosseo, miniature del Colosseo fatte con i chicchi di caffè. Non c'è limite all'immaginazione né al buon gusto, l'unico confine è il Tevere, che scorre pigro qualche metro più in basso. L'ingresso del mercato è cinto da un muro roso dal muschio. Una porta di marmo bianchissimo spezza il reticolato di mattoni rossi, abbagliante come il cielo tra due lunghe gallerie sotterranee.

Davanti a quella porta, Greta aspettava le sue amiche osservando le due nicchie ai lati. Erano vuote. Né una statua né un dipinto. Due cavità bianche segnate dalle righe della pioggia. Sembravano abbandonate, come se qualcuno se ne fosse andato via senza chiudere la porta. Era stata a Porta Portese molte volte, e tutte le volte aveva sperato di trovare un nuovo abitante nelle nicchie. Ma non era mai successo.

— Buongiorno! — disse la voce squillante di Emma alle sue spalle.

Greta trasalì.

— Che cosa guardi? — le domandò Lucia con il suo solito sorriso.

Greta scosse la testa, come a cacciare via un pensiero inutile: — Niente. Andiamo? Io devo essere a casa per pranzo.

— Sì, anche io — dichiarò Lucia.

— Io no! — ridacchiò Emma. — Però non vedo l'ora di buttarmi nella mischia!

— Seguitemi, conosco questo mercato come le mie tasche! —assicurò Lucia. Greta si accodò, lieta di non dover fare il capobranco.

— Smucinate, gente! Smucinate a volontà! — disse la voce di un venditore di abiti usati.

Emma s'incuriosì immediatamente.

— Che cosa vuol dire "smucinare"?

—Vuol dire cercare qualcosa rovistando in mezzo ad altre cose, come quando cerchi le mele migliori tra il mucchio di quelle in vendita.

— Sembra divertente! Ho voglia di smucinare! — fece Emma amalgamandosi alla folla. Lucia sorrise e la seguì.

Qualche metro più avanti la strada si biforcava in un bivio, a destra, una piccola salita portava verso una zona più silenziosa su cui si affacciavano una decina di baracche piene zeppe di biciclette. I primi negozi vendevano soltanto bici nuove.

— Non ci siamo — sentenziò Emma — a noi serve un catorcio senza speranza.

— Aspetta e vedrai! — assicurò Lucia.

E infatti, pochi passi più in su, Emma si trovò davanti alla baracca più pulciosa che avesse mai visto. La cicloffi-cina in confronto era una boutique. C'erano più polvere e ragnatele in quel posto che nella cantina di un cimitero e il proprietario sembrava appena uscito da una bara.

— Ottimo — ammise Emma.

— No, mi chiamo Massimo — disse un ragazzo seduto al buio, dentro alla baracca. Aveva una voce che sembrava venuta dall'oltretomba. Quindici anni, magro, pallido, pantaloni neri stretti, maglietta nera con teschio e capelli nero corvino appiccicati alla testa con un chilo di gel.

Lucia lo guardò perplessa: — Perché è così... nero? — sussurrò nell'orecchio della sua amica.

— Perché è un emo — la informò Emma.

— Che cosa vuol dire?

— Non l'ho mai capito bene, so solo che sono sempre depressi.

— Poverini, mi dispiace — fece Lucia sinceramente rattristata.

Emma e Greta, invece, entrarono nella baracca guardandosi intorno.

— Le mie amiche stanno cercando un catorcio senza speranza — disse Lucia sfoderando uno dei suoi sorrisoni. Il ragazzo non ebbe nessuna reazione. Come se la cosa non fosse affare suo.

— Una bicicletta molto brutta, la più brutta che hai — spiegò Emma.

Massimo fece cenno con la testa verso una Graziella appesa alle sue spalle. Era veramente il catorcio definitivo. Le ruote un po' storte, il telaio ridotto a uno scheletro di ruggine, i fili dei freni spezzati e il manubrio fuori asse.

Greta la studiò con attenzione. Era davvero la cosa più brutta che avesse mai visto.

— Possiamo provarla? — domandò Lucia.

— Io non lo farei — rispose Massimo. — Comunque vedete voi.

Staccò la bici dal gancio e la porse alle ragazze. A vederla da vicino, in effetti, non sembrava per niente affidabile. La sella era coperta di uno spesso strato di grasso e polvere, Lucia pensò che se fosse montata lassù si sarebbe sporcata il vestito e sua mamma non ne sarebbe stata per niente felice. Guardò Emma, incerta sul da farsi.

— La compriamo! — sentenziò lei.

— Sono cinquanta euro.

— Ma sei pazzo? — scattò Greta. — Se te ne diamo dieci sono sempre troppi.

Nessuna reazione. Il ragazzo continuò a guardare il vuoto oltre il suo ciuffo nero corvino come se nessuno avesse parlato. Emma schiacciò l'occhio a Greta e sfoderò una banconota da cinquanta euro. La diede a Massimo senza batter ciglio. Quello sgranò gli occhi incredulo. L'espressione da eterno depresso gli scomparve immediatamente dalla faccia, sostituita da una smorfia che deformò tutto il viso in un ghigno orripilante.

— Grande! — esultò. Seguì un verso strano, simile al raglio di un asino.

— Sta ridendo? — chiese perplessa Lucia.

— Pare di sì — interpretò Emma.

— Ciao, allora, e grazie — disse la rossa facendo cenno a Lucia di prendere il catorcio definitivo.

— Ti è andata bene, ladro — sibilò Greta.

Il ladro ghignò di nuovo, infilandosi i soldi in tasca, compiaciuto.

— Oh, ci rivediamo domenica prossima?!

Emma gli voltò le spalle senza rispondere.

— Andiamo — disse alle sue amiche.

Greta sbuffò, cacciò le mani in tasca e girò i tacchi. Lucia prese la bici e la imitò senza capire bene perché.

— Ho un cestino da bicicletta pieno di buchi! — continuò Massimo. — Te lo regalo a quaranta euro!

Ma la rossa era già lontana.

— Ti sei fatta fregare — disse Greta.

— No, mi sono presa quello che volevo — fece lei piccata.

— Ehi, ragazze — intervenne Lucia prima che ricominciassero a litigare. — Ma quel ragazzo tutto nero… non doveva essere depresso? È ancora lì che ride come un pagliaccio.

— Te l'ho detto. Io non li capisco gli emo. Secondo me a forza di farsi la piastra ai capelli si friggono il cervello.

— Un faro con il vetro rotto non lo vuoi? Te lo metto a trenta euro! — si sentì ancora in lontananza. — Ne ho pure due per le tue amiche! Tornate! Vi amooo!

Le amiche si guardarono incredule, e scoppiarono a ridere.

Anselmo uscì dalla ciclofficina con la borsa da postino mezzo vuota. C'era solo una grande busta, quella che aveva trovato davanti all'agenzia fotografica *Studio 77*. Attraversò le strade assonnate della domenica mattina pedalando lentamente e respirando l'aria lieve di marzo. Quando arrivò alla via Portuense ringraziò la strada che s'inerpicava in salita, ascoltò i polmoni spalancarsi per lo sforzo e tutto il sapore della primavera invadere ogni suo respiro. Poi Trastevere, con il rimbalzo del pavimento di sassi quadrati sotto le ruote e la dolcezza degli edifici color crema, baciati dal sole. E infine, Porta Portese, il suo chiasso e quelle due nicchie vuote. Le guardava sempre, quando passava di lì, e si chiedeva perché fossero rimaste disabitate. L'ennesima domanda inutile.

Sfrecciò oltre il traffico verso il ponte sul Tevere, ma, prima che girasse l'angolo, qualcuno lo vide.

— Anselmo! — strillò Lucia.

Ma lui era ormai troppo lontano per sentirla e le macchine intorno facevano un chiasso infernale. Non poteva lasciarlo andare via così, doveva corrergli dietro. Senza pensarci un attimo, la ragazza montò in sella alla sua Graziella squinternata lanciandosi all'inseguimento del suo innamorato, ma girato l'angolo, era già caduta per terra. Il vestito a fiori tutto strappato e le ginocchia sbucciate. Scoppiò a piangere come una bambina di cinque anni. Emma le fu subito accanto. — Stai bene?

— No! Perché mi hai comprato questa bicicletta ?! Non

serve a niente! ? È tutta rotta! — frignò la piccola Lucia.

— Ma prima dovevamo ripararla, era questo il piano! — cercò di spiegare Emma.

— Shhh! — le zittì Greta. — Guardate.

La bicicletta color alluminio di Anselmo era legata una ventina di metri più avanti, al cancello di una palazzina rossa.

— È ancora qui! — esultò Lucia.

— Andiamo a dare un'occhiata.

Si appostarono dietro a una siepe di gelsomino che cresceva attorcigliandosi alle sbarre del cancello. Videro Anselmo sfilare una grande busta dalla sua borsa, infilarla sotto la porta, suonare il campanello e allontanarsi velocemente.

— Nascondiamoci! — intimò Emma spingendo tutte al riparo, dietro un cassonetto dell'immondizia. Anselmo slegò la bici senza accorgersi di loro, montò in sella e pedalò via come se avesse fretta di allontanarsi da quel posto.

Intanto la porta si aprì e, sull'uscio, comparve una ragazza bellissima, con la pelle ambrata e lunghi capelli neri. Si guardò intorno cercando la persona che aveva suonato, poi vide la busta. La raccolse e lesse l'indirizzo. Strappò l'incarto impaziente e sfilò un foglio spesso e pesante e uno più piccolo. I suoi occhi scorsero su quello piccolo, diventando a ogni parola più grandi per lo stupore. Quando finì di leggere scoppiò in lacrime. Strinse il foglio al petto e si guardò intorno commossa. Poi alzò gli occhi al cielo e sulle sue labbra bagnate dal pianto affiorò una parola piccola: — Grazie.

Chiuse la porta e tornò in casa.

— E quella chi è? — s'inalberò subito Lucia.

Emma non diede nessuna risposta.

— E se fosse... la sua fidanzata?!

Greta sentì lo stomaco che le si acccartocciava come una foglia secca.

Emma rimase in silenzio.

— Emma! Che cosa facciamo adesso?

Finalmente la Kildare parlò, ma non disse esattamente ciò che Lucia avrebbe voluto sentire: — Per prima cosa dobbiamo scoprire che cosa c'era dentro a quella busta.

— E come?

— Dobbiamo parlare con quella ragazza. Farci raccontare quello che sa su Anselmo.

— Io devo andare — la interruppe Greta.

— Ma proprio adesso che le nostre indagini iniziano a farsi interessanti?! — s'indispettì Emma.

— Queste sono le *tue* indagini. A me non me ne frega niente di Anselmo.

Greta si allontanò a passi rapidi e brevi, come una che scappa di casa. Stupide! Quelle due erano solo delle stupide. Soprattutto Emma, che non aveva niente di meglio da fare che sprecare i suoi soldi e spiare la vita degli altri. Ma la più stupida di tutte era lei, che si era lasciata coinvolgere in quel delirio. Basta. A casa. Velocemente. Slegò Merlina e cinse il manubrio con le dita, con la sensazione che quello fosse l'unico, minuscolo abbraccio che avesse un senso.

— Ma che le è preso? — si stupì Lucia.

— Non lo so, ma tornerà — assicurò Emma. Poi si voltò verso la porta della casa riflettendo sulla prossima mossa. — Adesso dobbiamo occuparci di quella ragazza. Come stanno le tue ginocchia?

— Mi bruciano tanto — si lamentò Lucia.

— Perfetto — annuì Emma osservando la faccina triste della sua amica. Lucia le restituì uno sguardo dubbioso.

— Adesso citofoniamo a quella ragazza e le chiediamo aiuto. Tu però conserva quell'espressione addolorata, va bene?

— Ma... non la conosciamo neppure.

Emma le mise due mani sulle spalle e spiegò paziente: — L'obiettivo è esattamente questo, Lucia. Dobbiamo entrare in quella casa, parlare con lei, scoprire che cosa c'era dentro alla busta e poi farci raccontare tutto quello che sa su Anselmo. Hai capito?

— Cavoli! Allora ho fatto bene a sbucciarmi le ginocchia! —esclamò tutta felice.

— Sei stata un genio! — si congratulò Emma. — Adesso però cerca di toglierti quell'espressione allegra dalla faccia e fai finta di essere gravemente ferita.

Lucia si concentrò. Era la cosa più difficile che potesse fare, ma per Anselmo avrebbe fatto di tutto!

Mezz'ora dopo Emma e Lucia sedevano sul divano di Bahar. La stanza era piena di valigie e scatoloni e dava l'idea che l'inquilina si stesse preparando per un trasloco. Nonostante questo, la giovane donna le aveva accolte con gentilezza, aveva frugato tra i bagagli per trovare il necessario e aveva curato il ginocchio di quella ragazzina cicciottella. Poi aveva offerto loro una tazza di tè alla mela.

— Devo festeggiare una cosa molto importante — aveva spiegato apparecchiando la tavola con piccoli bicchieri di vetro bordati d'oro.

— Che cosa si festeggia? — domandò prontamente Emma.

Bahar mostrò il foglio grande e spesso. Era una fotografia. Inquadratura dall'alto sul ponte degli Angeli in una giornata di pioggia. Il Tevere in piena scorreva furioso sotto gli archi, una bambina si riparava sotto l'ala di una statua, afferrandola con la sua mano minuscola. I gorghi del fiume sotto di lei avevano lo stesso disegno dei suoi capelli aggrovigliati dalla bufera, ma le ali di quell'angelo di pietra proteggevano il resto del suo corpo come una culla di piume.

— L'ho scattata quando sono arrivata a Roma, ormai tre anni fa, e oggi, grazie a questa fotografia, potrò finalmente realizzare il sogno della mia vita.

Lucia tremò, era sicura che Bahar avrebbe iniziato a raccontare la sua storia d'amore con Anselmo, forse quella foto aveva un significato particolare per loro, forse era un pegno, oppure una promessa… sentì il cuore batterle fortissimo. Aveva bisogno di calmarsi. Prese il bicchierino dorato a buttò giù il tè tutto di un sorso, ustionandosi la lingua.

— Tutto bene? — si preoccupò la ragazza.

Lucia annuì tentando di trattenere un urlo di dolore.

— Questa immagine è bellissima — si complimentò Emma cercando di riportare la conversazione sulla fotografia. — Ma perché cambierà la tua vita proprio adesso, se l'hai scattata tre anni fa?

Bahar abbassò i suoi grandi occhi neri mentre le labbra s'increspavano in un sorriso timido.

— Destino.

Prese il suo bicchierino di tè alla mela, lo strinse fra le dita e iniziò a raccontare la sua storia.

— Sono nata e cresciuta a Istanbul, in Turchia, ma ho sempre sognato di vivere a Roma. Volevo studiare l'arte, la pittura, la scultura e il vostro paese mi sembrava il luogo ideale. Così mi sono iscritta all'Accademia di belle arti. Non avevo molti amici e non parlavo molto bene l'italiano, quindi passavo tutto il mio tempo libero a passeggiare per Roma. Durante una di queste lunghe camminate, ho trovato una macchina fotografica. Qualcuno l'aveva dimenticata su una panchina di Villa Borghese. Ho messo gli occhi dietro all'obiettivo e non mi sono sentita mai più sola.

Emma e Lucia ascoltavano la voce di Bahar rapite dalla vibrazione bassa delle parole e da quello strano accento zoppicante che dava alla sua storia il ritmo di un canto.

— La mia macchina fotografica è diventata una compagna di viaggio, ho imparato a conoscerla, a capire come funzionava, molto lentamente, come succede quando incontri un vero amico. Insieme abbiamo visitato molti posti e conosciuto molte persone. Poi, un giorno abbiamo visto il cielo diventare nero e abbiamo incontrato questa bambina, sotto la pioggia.

Bahar prese il foglio più piccolo e lo mostrò a Emma. La ragazza lesse la data. Era di un mese prima.

— Con la presente abbiamo il piacere di comunicarLe che la fotografia da lei inviata è stata giudicata poco attinente all'esposizione allestita nei nostri spazi ma eccellente per tecnica di realizzazione e scelta del soggetto. Per questa ragione vorremmo incontrarla e visionare tutto il suo portfolio. Contestualmente le restituiamo la stampa della sua opera...

— Che cosa vuol dire? — domandò Lucia che, con tutte quelle parole difficili, non ci aveva capito niente.

— Vuol dire che domani, invece di prendere un aereo per Istanbul e rinunciare a tutti i miei sogni, andrò allo Studio 77 per il mio primo colloquio di lavoro! — esultò Bahar. — Negli ultimi mesi avevo perso la speranza ma proprio oggi, un giorno prima della partenza, il destino mi ha fatto una sorpresa. Se fosse arrivata domani, sarebbe stato troppo tardi...

— Non è stato il destino — disse secca Emma.

Bahar inclinò la testa perplessa: — Che cosa vuoi dire?

— Quando abbiamo suonato alla tua porta abbiamo visto un ragazzo in bicicletta. Ha lasciato questa busta davanti alla tua porta e poi se n'è andato.

— Si chiama Anselmo! — intervenne Lucia.

— Io… non so chi sia — ammise confusa Bahar.

— Quindi non è il tuo fidanzato?!

— No…

Lucia tirò un sonoro sospiro di sollievo. Bahar invece corrucciò la fronte cercando invano di capire.

— Ma allora… chi è?

Ecco, questa era la domanda. Prese la busta rimasta sul tavolo del salotto e la studiò con attenzione. Accanto al francobollo non c'era il timbro postale. Quella lettera non era mai stata spedita.

Una macchia di smalto rosso fuoco si allungò sull'unghia dell'indice di Serena. Quando era nervosa, cercava di rilassarsi mettendosi lo smalto, ma oggi proprio non le riusciva di stare calma. Sua figlia era stata fuori tutto il pomeriggio, non rispondeva al cellulare e non aveva idea di quando sarebbe tornata. La notte iniziava a calare e Serena era sempre più preoccupata. Dipinse un arco storto sul mignolo e, finalmente, la porta di casa si aprì.

— Greta! — esclamò sua madre. — Dov'eri finita? Ti ho chiamato al telefono mille volte…

La figlia attraversò la sala da pranzo in silenzio.

—Vieni qui.

La ragazza proseguì dritta verso la sua camera.

— Noi due dobbiamo parlare.

Greta entrò, appoggiò Merlina accanto al letto e tornò indietro per chiudere la porta.

— Non mi piace che torni tardi senza avvisare. Lo sai. Perché non hai risposto al telefono?

— Non l'ho sentito. Ero in bici.

— Tutto il pomeriggio?

— Sì.

— Non mi sembra una buona risposta.

— Allora trovatene una migliore.

Chiuse la porta e fece scattare la serratura.

— Greta! Non ti permettere di chiudermi la porta in faccia sai?

L'aveva già fatto.

— Greta! Apri immediatamente!

Non l'avrebbe mai fatto.

— Greta!

Serena picchiò col palmo aperto sull'uscio. Cinque, sei, sette volte. Sua figlia non aprì. Rimase a guardare la sua mano aperta, le dita stese, le unghie dipinte di rosso. Lo smalto si era sbavato.

Dall'altra parte del muro, Greta ascoltò sua mamma che continuava a sgridarla imprecando, che nessuno l'ascoltava mai, che doveva sempre fare tutto da sola, che loro due dovevano aiutarsi e non litigare, che da quando suo padre se n'era andato la sua vita si era trasformata in un incubo, e che così non poteva andare avanti. Greta si mise il cuscino in testa cercando di allontanare quella voce e osservò il rettangolo di cielo oltre la finestra. L'ombra dei palazzi si allungò sul suo letto lentamente, mentre il sole tramontava oltre il serpentone. Una coperta di tenebre che avvolse il suo corpo stanco. Aveva davvero pedalato tutto il pomeriggio. Cercando di allontanare da sé la morsa che le stringeva lo stomaco. Quella lettera consegnata di nascosto a una ragazza bellissima poteva significare soltanto una cosa. Lui amava un'altra. Perché la cosa doveva farla soffrire? In fondo non c'era niente fra lei e Anselmo. Poteva avere anche cento fidanzate, a lei non importava. Non le importava di niente e di nessuno. Meno che mai di uno che neppure conosceva. Stava benissimo da sola, lei. Era sempre stata da sola, non aveva nessun problema a stare da sola. Osservò il buio invadere la stanza e quando fu completamente scura si accorse che c'era qualcuno con lei. Un pensiero tenace era rimasto imprigionato nelle sue ciglia per due giorni. Anselmo. E capì in quel momento che non se ne sarebbe andato mai più.

L'aria è percorsa da disegni invisibili agli occhi.
Ma se conosci il vento e sai ascoltare il suo soffio,
puoi vedere trecce di parole slacciarsi in cielo
come gomitoli di luce. Sono i messaggi perduti,
le cose mai ascoltate, i pensieri affidati al vento.
L'aria è un tessuto di fili sottili che a volte
si spezzano. Noi sappiamo leggere il cielo,
trovare i messaggi, riallacciare i fili spezzati
e correggere le traiettorie del destino
per creare momenti perfetti.

Bugie

— Felice Lunedì a tutti! — esordì la Moretti entrando in aula. Diceva sempre così, ogni lunedì mattina, come se avesse trascorso tutto il fine settimana aspettando di tornare in classe per dire quelle parole senza senso. Nessuno può essere felice il lunedì mattina. L'idea di un'intera settimana di scuola davanti a sé è sufficiente per cancellare il sorriso dalla faccia di chiunque, tranne che dalle labbra siliconate della Moretti. A dire il vero, di solito c'era solo un'altra persona in classe che pareva non avvertire per niente il peso insostenibile del lunedì mattina: Lucia. Infatti, di solito, rispondeva all'augurio della professoressa con lo stesso tono giulivo: — Anche a lei, prof!

Invece quella mattina non disse nulla. La Moretti ci rimase molto male.

— Che cosa c'è, De Martino? Ti vedo pensierosa — le chiese durante l'intervallo.

In effetti Lucia aveva pensato tutta la notte ad Anselmo e a come Emma intendeva scoprire il suo mistero. Per farlo avevano bisogno dell'aiuto di Greta e lei temeva che non sarebbero mai riuscite a convincerla. Sì, aveva molti pensieri per la testa, ma l'ultima persona a cui li avrebbe confidati era la sua premurosa professoressa. Così, per la prima volta, Lucia abbassò gli occhi, sentì la propria voce strozzarsi in gola e disse una bugia: — No, va tutto bene.

Voltò le spalle alla professoressa e corse in corridoio con una strana euforia sotto pelle. Emma la stava aspettando davanti alla scalinata che portava in cortile.

— Sbrigati! — le fece cenno con la mano.

Nel piccolo spiazzo davanti alla scuola cresceva l'erba incerta di primavera, rada intorno a una zona di panchine dove i ragazzi sedevano chiacchierando ad alta voce. Sotto un porticato di cemento screpolato dal tempo, Greta osservava il cielo appoggiata a una colonna. Sola.

— Secondo me ci dice di no. Vedi? Ha la faccia da antipatica — si preoccupò Lucia. Emma continuò a camminare spedita verso il porticato.

— Tu mi sottovaluti.

Lo sguardo con cui le accolse Greta, in effetti, non era molto incoraggiante.

— Sai, abbiamo parlato con quella ragazza... — esordì Emma.

Greta sentì lo stomaco svuotarsi, non voleva sapere niente di lei, non voleva sapere niente di nessuno.

— Non è la sua fidanzata, non lo conosce neppure — continuò Emma.

Uno strano senso di gioia sollevò il mento di Greta, come la mano di qualcuno che chiede il tuo sguardo con un gesto delicato.

— Che cosa c'era dentro la busta? — chiese.

— Una fotografia.

— L'avete vista?

— Sì, ma non è questo il punto.

Emma raccontò la storia di quella fotografia, arrivata nel momento più opportuno a ribaltare la vita e i progetti di Bahar. E anche della stanza misteriosa, nel retrobottega della ciclofficina, dove Emma aveva visto tante lettere come quella.

— Succedono cose strane dentro a quel posto e io voglio capire perché. Dobbiamo tornare insieme, tutte e tre. Voi due terrete occupati Guido e gli altri mentre io cercherò di scoprire che cosa nascondono.

— Allora vieni con noi? — le sorrise Lucia. — Tu porti la tua bici e io la mia.

No, non sarebbe mai tornata in quel posto. Non adesso e non per portare avanti le indagini di Emma Kildare.

Ma la sua voce, nonostante tutto, disse: — Sì.

— Ma che è sta lagna? — protestò Sciagalle frenando davanti alle ciclofficina.

La radio stava trasmettendo una sinfonia sontuosa, un'intera orchestra pareva essersi nascosta nei muri per travolgere lo spazio a colpi di violini e squilli di trombe. Guido sorrise salutandolo con la mano sporca di grasso. Non poteva pretendere che un ragazzo che disegnava maiali sul telaio della propria bicicletta capisse Mahler.

— E le ragazzine della ruggine? Sono tornate? — domandò il pittore.

Guido scosse la testa: — Non ancora.

E, come evocate da una preghiera segreta, le ragazzine della ruggine comparvero sulla porta. Ci fu un momento di silenzio imbarazzato. Poi Lucia fece il suo ingresso trascinandosi dietro un catorcio talmente malconcio che Sciagalle non poté fare a meno di scoppiare a ridere. Nello stesso momento la sinfonia numero uno di Mahler finì e l'applauso scrosciante del pubblico in diretta invase la stanza.

— Che accoglienza! — ringraziò Emma con un inchino da primadonna.

Lucia invece si guardò intorno delusa, anche stavolta Anselmo non c'era.

— Bentornate — le accolse Guido.

— Avete svuotato la cantina? — scherzò Sciagalle alludendo alla Graziella con un cenno della testa.

— Proprio così — mentì Emma. — Credete che si possa riparare?

Sciagalle non rispose neppure, protese le braccia in avanti e spalancò i palmi sotto il naso di quella malfidente: — Le vedi queste mani?

Emma annuì.

— Sono le mani d'un artista. E sai che fanno le mani di un artista?

— No, dimmelo tu.

— Pigliano una tovaglia e la fanno diventare un quadro, un muro e lo fanno diventare un affresco, un sercio e lo fanno diventare una statua!

— Che cos'è un sercio?

— E che non lo sai?

— No, è straniera — spiegò Lucia.

— È una bicicletta scassata? — provò a indovinare Emma.

— No, quella è una ciofeca.

— Mmm. Ah, allora è una cosa grande come un monumento?!

— No, quello è un mammozzone.

— E quindi che cos'è?!

— Un sercio è un sasso. Vabbè, ti perdono perché sei straniera. Vediamo un po' che dobbiamo fare con questa ciofeca di bici.

Sciagalle si mise subito all'opera, aiutato dalla proprietaria della ciofeca e guardato a distanza dalla sua amica straniera.

Greta, intanto, era rimasta sulla soglia, a osservare la grande sala piena di biciclette senza trovare il coraggio di entrare. Come paralizzata. Un passo avanti e avrebbe rischiato di rivedere Anselmo, uno indietro e forse non l'avrebbe visto mai più.

— Bentornata— disse Guido. —Vieni.

Prese i guanti da lavoro e glieli porse, con la consueta gentilezza.

— Non si lascia un lavoro...

— ... a metà — concluse Greta.

Afferrò i guanti come una mano tesa sopra a un dirupo e spinse Merlina oltre la porta. La fissò sul cavalletto e s'infilò i guanti. Prese un pezzo di carta vetrata per finire il lavoro lasciato a metà. Si accovacciò accanto alla sua bicicletta e afferrò la canna, ma non appena iniziò a scalfire la ruggine,vide una sagoma stagliarsi nel rettangolo di luce all'ingresso. Immobile, con una bicicletta fra le mani e la paura di farsi avanti, come lei solo qualche secondo prima... Ma dal manubrio della sua bici, pendevano due grosse buste della spesa. Un'immagine familiare, si era trovata troppe volte nella stessa situazione per tirarsi indietro. Così, come mossa da una mano invisibile, s'avvicinò ad Anselmo e, senza dire niente, sollevò i sacchetti. La bici sbandò, liberata dal peso. Lui si chinò in avanti per trattenerla. Il viso accanto alle guance di Greta. Lei sentì l'odore del vento e della strada, il calore acre della pelle dopo la corsa e il suo respiro così vicino da appannare l'universo.

— Lascia, pesano — sussurrò lui abbandonando il manubrio. La bici cadde a terra e loro rimasero mano nella mano con le dita incastrate nelle strisce di plastica. In quell'intreccio Anselmo perse un altro respiro, e capì che era volato tra i fili di foglie degli occhi di Greta. Sperduto nel verde. Non l'avrebbe riavuto mai più.

— Posso aiutarvi? — disse qualcuno.

Non era una domanda, era un rimprovero. Non era qualcuno, era Lucia. La sua amica Lucia, che ora la guardava come fosse la creatura più spregevole della terra. Greta aveva appena messo le mani sul suo fidanzato, ancor prima che lui sapesse del loro fidanzamento alfabetico. Non era giusto! Altro che aiutarla, avrebbe voluto farla a brandelli! Andando per approssimazione, strappò le borse alla traditrice e la fulminò con due occhi che nessuno le aveva mai visto.

Greta e Anselmo avvamparono d'imbarazzo.

— È forte la pischella! — commentò Sciagalle. — Guarda che bicipiti!

Sciagalle aveva la capacità di dire sempre la cosa sbagliata al momento giusto e, anche stavolta, riuscì ad essere perfettamente inopportuno.

— E lì, che c'è? — chiese occhieggiando dentro ai sacchetti.

— Wafer alla nocciola! — applaudì felice come un bambino. — Hans! Sono i miei preferiti!

Scartò la carta argentata e allungò il pacco verso Lucia: — Ne vuoi uno?

L'ultima cosa che lei voleva era fare merenda. Appoggiò le borse a terra e incrociò le braccia offesa.

— No, grazie.

— Hans, tu?

— Sono tutti tuoi — declinò Anselmo. Prese i sacchetti e andò dritto verso la porta di ferro in fondo alla stanza.

Emma lo seguì attentamente con gli occhi. Stava per avvicinarsi per sbirciare quando incrociò lo sguardo di Guido. L'uomo aveva capito perfettamente che cosa voleva fare la ragazzina e non sembrava affatto d'accordo. Emma sfoderò il suo sorriso più innocente, senza nessun effetto. Va bene, doveva distrarre Guido. Anzi, doveva fare in modo che Greta distraesse Guido, secondo i piani. Ma Greta non era per niente collaborativa. Lavorava a testa bassa, accanto a Guido. Entrambi concentrati sulle loro biciclette, senza scambiarsi una parola e con l'aria di chi non ha nessun desiderio di farlo. Le cose non stavano andando come aveva previsto e questo la faceva innervosire parecchio. Doveva inventarsi qualcosa, qualsiasi cosa: — Greta, mi aiuteresti a strappare un pezzo di carta vetrata?

Lo sapeva, era una scusa pessima, ma era la prima che le era venuta in mente. Greta la guardò come fosse un alieno.

— Mi dà fastidio... toccarla.

Cercare di capire che cosa frullasse nella mente di Emma Kildare era inutile e forse anche pericoloso. Greta si alzò, raggiunse il rotolo di carta ruvida e ne prese un pezzetto.

— Era una scusa per parlarti — le sussurrò Emma nell'orecchio. — Devi distrarre Guido. Ti ricordi?

In effetti, dopo l'arrivo di Anselmo, si era dimenticata perfino il suo nome.

— Ah, è vero.

— Bene, allora adesso vai lì e ti fai spiegare come funzionano i freni. Va bene?

— Ma io lo so come funzio...

— Era solo un esempio! Senti, ti devi concentrare un attimo, va bene? Concentrati. Abbiamo un piano.

Greta disse di sì, promise che avrebbe fatto del suo meglio e tornò verso il proprietario della ciclofficina con le migliori intenzioni. Ma, nello stesso istante, un turbine di vento scese dai tetti, violento e implacabile, a scombinare un'altra volta tutti i loro piani. La grande elica di legno fissata all'ingresso prese velocità, nel vortice di uno zefiro potente. Un suono acuto vibrò oltre le pareti, attraversò la ciclofficina seguito dagli sguardi stupiti delle ragazze e giunse alle orecchie di Anselmo, chiuso nella stanza sul retro.

Il segnale. No. Non adesso che lei era qui. Non doveva vedere, non doveva sapere. Se fosse uscito di corsa, come faceva sempre, avrebbe pensato che stesse scappando. Che non volesse rimanere con lei, e invece era ciò che desiderava di più. Ma non poteva. Doveva andare. Prese la borsa da postino e tornò nell'androne dove l'aspettava la sua bicicletta.

— Devo andare — disse montando sui pedali.

Guido annuì.

— Torno presto — promise a mezza voce guardando Greta. Poi scomparve oltre la porta. Lei non ebbe il coraggio di sollevare gli occhi, ancora confusi dall'abbraccio delle loro mani.

— Ma uffa! Oggi va tutto storto! — sbuffò Lucia nell'orecchio di Emma. Lei lanciò un'occhiata a Merlina e decise che stavolta doveva andare fino in fondo.

— Io lo seguo — annunciò.

Strappò la bici dalle mani della sua padrona e si lanciò nel suo primo inseguimento sulle due ruote. Greta, colta alla sprovvista, non ebbe il tempo di fermarla. Corse fuori, mentre la grande elica accanto all'ingresso fischiava acuta sotto i colpi di un vento furioso.

— Sei pazza! — urlò. — Torna qui!

Ma Emma era già una nuvola rossa lanciata nella bufera.

L'autobus percorse la discesa accanto al Corviale come se avesse fretta di allontanarsi da quel panorama angusto. I passeggeri lasciarono vagare gli occhi sulle piccole finestre infossate nei muri severi. Molti di loro abitavano lì, ma pochi sapevano che quei palazzi erano stati costruiti per realizzare un grande sogno, quello di creare una città perfetta, con appartamenti, negozi, parchi e biblioteche. Una sfida alle periferie di ogni città, un condomino affollato come un coro sinfonico, per urlare a tutto il mondo che tutti hanno diritto a una casa, a un prato, a un libro. Ma nessuno portò mai a termine il progetto. I negozi divennero rifugio per i senzatetto e gli altri si rassegnarono ad abitare un sogno abbandonato.

Un bambino puntò il dito sul vetro cercando di contare le finestre. Non era facile, i quadratini si muovevano troppo velocemente oltre il parabrezza. La madre lo prese per una mano, mentre con l'altra schiacciò il pulsante rosso della fermata a richiesta.

— Non voglio scendere! — protestò il bambino.

La mamma gli sorrise, lo prese in braccio e gli diede un bacio. Sapeva che l'unico modo di cavarsela davanti a un capriccio era la canzone dell'elefante. Così, dondolandosi appesa a un filo di una ragnatela con il suo piccolo, scese sul marciapiede e si dimenticò un sacchetto di carta bianca sotto il sedile dell'autobus. Le porte si chiusero e il mezzo si allontanò dalla vista del bambino e dai suoi capricci.

Due fermate più avanti, il conducente frenò bruscamente per evitare una bicicletta guidata da una ragazza con i capelli rossi. Una slavina di proteste si levò alle sue spalle.

— Una pazza... — commentò l'uomo osservando Emma svoltare l'angolo e nascondersi dietro a un piccolo muro. Poi raggiunse la banchina e aprì le porte.

Emma vide Anselmo salire sull'autobus, attraversare la folla dei passeggeri, chinarsi sotto un sedile e scendere con un sacchetto di carta bianca prima che le porte di richiudessero. Lo osservò attentamente mentre infilava la busta nella sua borsa e saliva in bici, scrutando il cielo come se stesse cercando qualcosa tra le nuvole.

La storia si faceva sempre più intrigante, doveva continuare il pedinamento. Si avviò lentamente, cercando di rimanere nascosta tra gli alberi e le macchine allineati lungo il marciapiede. Ma, all'improvviso, Anselmo fece una fuga in avanti, salì sui pedali e accelerò di scatto tenendo lo sguardo fisso al cielo. Schivava gli ostacoli come se potesse sentirli, scivolando tra le auto e i passanti come brezza tra le fronde di un bosco di carne e di asfalto. Emma non aveva mai visto nessuno muoversi così, c'era qualcosa di irreale e miracoloso nel suo passo. E lei doveva sapere che cosa. Prese velocità, cercando di non perderlo d'occhio. Lo seguì in una via più stretta, poi in un vicolo e infine sbucò in un grande viale trafficato. Non riusciva a tenere la sua velocità, la distanza fra di loro aumentava a ogni giro di pedale. Lo vide appena, in lontananza, mentre svoltava in uno stretto passaggio a ridosso delle case. S'infilò nel viottolo ma lui non c'era più. Avanzò lungo la via deserta affacciandosi alle traverse. Sparito. Arrivò fino in fondo, e si trovò davanti a un sottopassaggio. La strada s'inabissava nel buio. Emma frenò spaventata. Non conosceva quella zona e, per il poco che aveva sentito, non era il posto più adatto in cui fare una bella passeggiata in bicicletta. Pensò che fosse molto meglio tornare indietro, tanto ormai Anselmo era troppo lontano e, in fondo, per quel giorno aveva già visto abbastanza. Scese dalla bici per fare inversione, ma si dovette fermare.

Dal fondo delle via, due motorini si stavano avvicinando al tunnel. Due ragazzi a bordo di uno scooter verde fosforescente col motore truccato le si fecero incontro minacciosi. Tenevano il casco slacciato sotto il mento e i piedi appoggiati sulla carena, in una strana posizione. Dietro di loro una moto da corsa grigio antracite, guidata da un altro ragazzo. Pantaloni e giacca di pelle nere, stivali da motociclista e casco integrale con la visiera abbassata. Il motorino truccato frenò sbarrandole la strada.

— Ti sei persa? — disse quello davanti.

I suoi occhi scivolarono sulle lunghe gambe di Emma. Indossava un paio di calzoncini molto corti. Aveva la pelle liscia e chiara come il latte e un ombelico perfetto che sbucava da sotto la camicetta sbottonata. Quello sguardo la fece rabbrividire. Si voltò verso il tunnel, era l'unica via di fuga. Scese dalla bici e frugò nelle tasche cercando il cellulare.

— Ehi, il mio amico ti ha fatto una domanda — intervenne quello seduto di dietro. Aveva una voce gutturale che raschiava tra le parole.

Emma voltò loro le spalle, scorrendo i numeri della sua rubrica alla ricerca di quello di Lucia.

— Oh, parlo con te — insistette il primo. Scese dal motorino e camminò verso di lei con passi lenti e lunghi. Emma intanto aveva trovato il numero di Lucia, ma non fece in tempo a far partire la chiamata che il ragazzo le strappò il telefono di mano.

— Guarda che bel giocattolino — disse rigirandoselo fra le dita. Poi lo mostrò al suo amico ancora seduto sul motorino. — Oh, Spranga! Ti piace?

Spranga fece un verso che voleva dire sì.

— Anche a me — disse infilandoselo in tasca. Poi si avvicinò ad Emma e le afferrò una ciocca di capelli. — Però tu sei più bella.

— Lasciami — scattò Emma spostando le sue dita con uno schiaffo.

— Di già, non ci siamo neppure messi insieme.

Il suo amico scoppiò a ridere, grufolando come un maiale sgozzato.

— Almeno lasciami questa... — fece il ladro allungando le mani verso una catenina d'oro al collo della ragazza.

Lei gli lanciò Merlina addosso, spingendolo indietro. La collana si spezzò, le ferì il collo ma riuscì a scappare nel tunnel. Alle sue spalle sentì il maiale sgozzato che continuava a ridere e i passi dell'altro che la inseguivano.

— Dove scappi, principessa?

Le furono subito addosso, sentì le loro mani raggiungerla nel buio.

— Vi prego, no! — implorò disperata.

Un'ombra minuta e rapida comparve nel quadrato di luce dall'altra parte della galleria. Ansimando per la lunga corsa.

Emma sentì il rumore sordo di un colpo e vide un anfibio nero calare sul ladro, spingendolo lontano da lei con un calcio furioso. Due mani piccole afferrarono il maiale per i capelli. Una ginocchiata in mezzo alle gambe e anche lui crollò a terra imprecando. Le stesse mani presero le sue e la trascinarono fuori dal sottopassaggio, alla luce del sole. I suoi occhi impiegarono qualche secondo ad abituarsi al chiarore, poi Emma vide chi l'aveva salvata.

— Greta — balbettò sbalordita. — Tu… come hai fatto a trovarmi?

— Ti sono corsa dietro, dato che mi hai rubato la bici.

— Io… scusami, davvero… io volevo soltanto…

— Dimmi dov'è la mia bicicletta! — ringhiò lei.

Emma rimase un istante immobile, paralizzata dal panico. Indicò la strada dall'altra parte del sottopassaggio.

Il rumore di due motorini rombò dal profondo del tunnel. Stavano tornando.

— Vattene via.

Emma scosse la testa con un gesto netto.

Si chinò e prese un sasso da terra. Strinse le dita intorno alla pietra fredda preparandosi a combattere accanto a lei.

I motorini le accerchiarono e Greta li riconobbe subito. Erano i ragazzi della piazzetta, li aveva sempre evitati ma c'era cresciuta insieme. Era una di loro. Lo stesso odio, la stessa rabbia. Di chi si sveglia ogni mattino sognando di vivere altrove, ma non può. Guardò Emma. Lei era diversa. Non poteva capire. Ma era rimasta lo stesso al suo fianco.

— Allora stai ferma — le ordinò.

Lei disse di sì, ma, come sempre, fece di testa sua. Appena vide il ragazzo sulla moto emergere dal buio gli tirò il sasso, mancandolo. Lui accelerò, rischiando di travolgerle.

— Scappa! — le gridò Greta.

Stavolta Emam non aveva scelta, fece un balzo indietro e corse via in preda al panico, trovò un cancello aperto, s'infilò dentro e lo chiuse alle sue spalle, corse attraverso il cortile, scavalcò un muro e si ritrovò nel bel mezzo di una via molto affollata. Era salva, li aveva seminati. Ma Greta era rimasta sola.

— La rossa è scappata — grugnì il maiale.

Il ladro alzò il mento come a dire che se ne fregava.

— Col cellulare ci facciamo duecento euro. È roba buona. Quella deve essere una coi soldi.

Poi ammiccò verso Greta.

— E con lei che ci facciamo, capo?

Il capo alzò la visiera e la scrutò.

— Tu sei quella del 506, vero? — la riconobbe lui.

— No — mentì Greta.

Quel ragazzo si chiamava Emiliano, lo conosceva da sempre e sapeva che era meglio stare lontano da gente così. Non parlarci neppure, e se proprio doveva farlo, una bugia era la migliore risposta.

— Perché hai picchiato i miei amici?

— Prova a indovinare — lo sfidò lei.

Lui non raccolse la sfida.

— Non dovevi farlo. Tu sei nata qui e certe cose dovresti saperle. Qui ognuno si fa gli affari suoi. Tu invece ti sei immischiata. Hai sbagliato, adesso devi chiedere scusa.

Non l'avrebbe mai fatto.

— Oh, parlo con te — insistette lui.

— Fottiti.

Risposta sbagliata.

Meritava una punizione. Molto più dura di un calcio o un pugno. Qualcosa che le facesse male per davvero. E lui sapeva esattamente che cosa.

— Che caratteraccio, Greta Bianchi. Dev'essere per questo che tuo padre se n'è andato via.

Greta sentì il maiale grufolare la sua risata idiota.

— E non è tornato mai più — aggiunse il ladro sibilando alle sue spalle.

Un'onda di rabbia salì lungo le sue ossa, fino agli occhi, trasformandoli in una fessura affilata. Avvertì lo scatto violento dei suoi muscoli. Il pugno partì da solo, schiantandosi sul naso del ladro. Poi un altro e un altro senza che lei potesse fermarli. Il maiale l'afferrò subito da dietro.

— Adesso mi hai fatto proprio incazzare — ringhiò il ragazzo mentre una striscia rosso rubino rigava le narici. Sembrava la maschera di un demone furente. Il demone le prese la faccia con una mano sporca di sangue, stringendo la mascella per tenerla ferma e le sputò addosso. Il suo compare la gettò a terra. Un calcio sulla schiena. Il fiato che si spezza. Un altro calcio. Il cielo sopra di lei. Un pugno. Il cielo diventa nero. Una mano. Silenzio. Il cielo non c'è più. Tutto è buio e caldo e morbido. Vento. L'odore di vento e di strada. Anselmo. Poi nulla. Una culla di niente.

Aprì gli occhi e vide il volto di Anselmo affacciarsi oltre il petto ampio e sicuro. Senza sapere come, era tra le sue braccia, seduta sulla canna della sua bicicletta, la pulsazione veloce del suo cuore sulla schiena e la fronte appoggiata al suo collo madido, il rumore dei motorini lontanissimo dietro di loro.

Il capo frenò facendo cenno a tutti di fermarsi.

— Lasciateli andare — disse facendo inversione. — Ce ne occuperemo più tardi.

Sapeva perfettamente chi era quel tipo. Sapeva dove trovarlo. Sapeva come fargliela pagare. E l'avrebbe fatto molto presto.

— Ti fa male? — domandò Anselmo esaminando la mano di Greta. Aveva le nocche sbucciate e un taglio sul dorso.

— No — mentì lei.

I calci e i pugni rimbombavano ancora fra muscoli e ossa. Riusciva appena a stare in equilibrio sulla bici. Anselmo frenò davanti a una fontanella. Le prese la mano e la mise sotto il getto dell'acqua.

Bruciava da morire.

— Brucia?

— No.

Anselmo passò un dito sul taglio per liberarlo dai granelli di asfalto.

— Vuoi tornare a casa?

Era proprio l'ultimo posto dove voleva andare in quel momento.

— No.

Anselmo scosse la testa con un sorriso a metà. Mise le mani a cucchiaio sotto lo scroscio e raccolse un po' d'acqua nell'incavo delle dita.

— Almeno la vuoi un po' d'acqua?

Le scappò un sorriso. Piccolissimo.

— Sì.

Avvicinò le labbra alle mani e bevve un sorso. Aveva molta sete, se ne rese conto soltanto allora, mentre l'acqua scioglieva i nodi di tutta la rabbia che le era rimasta addosso. Anselmo vide i suoi occhi schiudersi più quieti sopra il profilo delle proprie mani ormai vuote.

— Senti, ma che cosa stavi cercando di fare prima? — le chiese.

Greta si scostò.

— Non sono affari tuoi.

Lui osservò quel minuscolo sorriso volare via e annuì. Le accarezzò la testa e poi una guancia. Poi cullò il suo viso nel lago blu delle iridi.

— D'accordo. Ognuno ha i suoi segreti.

Greta non se l'aspettava. Né quella risposta né, tantomeno quella carezza. Rimase immobile nel suo sguardo, con uno strano, sconosciuto senso di gratitudine.

— E adesso andiamo a riprenderci la tua bici.

Non esiste una sola strada per andare in un luogo,
a volte i percorsi sono più difficili del previsto,
a volte le salite ti fanno venir voglia di non essere
mai uscito di casa. Ma è proprio alla fine
di una salita che l'orizzonte si allarga e il viaggio
diventa una grande avventura. La nostra voce
è il richiamo verso orizzonti sterminati
come il cielo.

Male

Serena spiava la faccia di sua figlia da quando si era alzata. In quel momento stava sorseggiando la sua tazza di caffelatte sbirciando l'orologio con i bruchi. Con calma. Non l'aveva mai vista fare qualcosa con calma, sembrava sempre mossa dalla voglia di andarsene via. Come se altrove fosse meglio. Quel giorno, invece, si era addirittura seduta per fare colazione. Era successo qualcosa, ne era certa. Poi vide il taglio sulla mano.

— Che cosa ti sei fatta? — si preoccupò.

— Niente.

— Fammi vedere — insistette la donna.

Greta lasciò che sua madre esaminasse la ferita.

— Davvero, mamma, sono solo caduta in bici.

Mamma? Non la chiamava così da almeno due anni. Era bello ascoltare di nuovo quella parola. Sapeva di latte senza caffè. Di quando era lei a occuparsi delle ginocchia sbucciate di sua figlia. Invece adesso Greta era capace di curarsi da sola.

— D'accordo, senti — disse sedendosi accanto. — Se non vuoi raccontarmi niente, va bene. Ma se vuoi parlare sono qui.

Greta guardò dritto dentro alla sua tazza. Le guance le diventarono rosse per l'imbarazzo. Pensò ad Anselmo, alla sera prima, al loro saluto proprio sotto casa sua.

— Lo so che sei qui — rispose.

Nella sua voce non c'era il solito fastidio, ma una dolcezza nuova. Qualcosa di appena percettibile che per la mamma fu immediatamente chiaro. Sua figlia si era innamorata.

— Se non ti sbrighi farai tardi a scuola — sorrise complice.

Greta trasalì. Il bruco obeso stava girando intorno all'orologio più velocemente del solito. Ingoiò in fretta l'ultimo sorso di latte e corse in camera a prendere Merlina. Pochi secondi più tardi era in strada.

Ecco, la piazzetta che aveva sempre odiato quella mattina era il posto più bello della terra. Guardò l'aiuola mezzo distrutta dalle ruote delle macchine e dei motorini. Lì, solo poche ore prima, Anselmo l'aveva salutata sfiorandole una guancia con un bacio. Avevano ritrovato Merlina, abbandonata davanti al tunnel, e poi erano tornati verso casa pedalando in fila, uno dietro l'altra, e ritrovandosi fianco a fianco ad ogni semaforo. Erano arrivati al Corviale al tramonto, le strade vuote e silenziose allagate di una luce dorata. Greta aveva ascoltato l'eco delle loro biciclette parlare senza parole, e guardato le ruote inseguirsi, superarsi, giocare con la strada come se la vita, poi, in fondo fosse solo questo.

Si mise in sella e ascoltò il movimento solitario della catena intorno agli ingranaggi. Un colpo dopo l'altro, ripensò a tutta quella storia dal principio. A quando si erano incontrati, per caso, proprio quando lei aveva bucato, alla storia di Bahar e a quel messaggio che le aveva consegnato proprio il giorno prima della sua partenza, e poi al giorno prima. Anselmo era sbucato dal nulla, nel momento esatto in cui lei aveva bisogno del suo aiuto. Erano tutte coincidenze? Perché quel ragazzo sembrava arrivare sempre nel momento perfetto? La quiete di quel mattino tremò, la strada vibrò sotto la ruota. L'asfalto era finito su un lastricato di piccoli mattoni che fecero sobbalzare la sua bicicletta e i suoi pensieri all'unisono.

— Signorina Emma — la svegliò la domestica. — La colazione è pronta.

La signorina si girò dall'altra parte brontolando.

La donna appoggiò il vassoio con la spremuta, il tè e un cornetto appena sfornato sulla scrivania e aprì le finestre. L'aria fresca di marzo e la luce del mattino invasero la stanza come una secchiata d'acqua gelata. Emma si rannicchiò tra le lenzuola con la ferma intenzione di non uscire mai più da lì.

— Signora si arrabbia se fa tardi a scuola. Dai, sveglia.

No. Oggi no. Non dopo tutto quello che era successo ieri. Non voleva andare da nessuna parte, sua madre poteva arrabbiarsi quanto voleva. Le lezioni di yoga al mattino servivano esattamente a quello, a scaricare i nervi.

— Ho la febbre. Non posso andare a scuola — balbettò Emma con un filo di voce. — Mia madre lo sa.

La domestica rimase a guardare qualche secondo la montagna di coperte aggrovigliata sul letto. Le mani raccolte sotto il petto e due occhi severi. Sapeva che quella ragazza le stava mentendo, ma disse solo ciò che doveva: — Se signora lo sa, allora va bene.

— Mm-mm.

Emma sentì i passi della donna uscire dalla sua stanza e la porta chiudersi. L'odore del cornetto caldo s'infilò sotto le coltri tiepide come una carezza. Ebbe un urto allo stomaco. Si accarezzò il collo dove la catenina strappata aveva lasciato un segno rosso. Piccolo e profondo. Si alzò in piedi di scatto e corse sotto la doccia. Era la quarta, dalla sera prima. L'acqua bollente scivolò sulla pelle insieme alla schiuma. Quel graffio sul collo no.

— Emma Kildare — chiamò la Moretti scorrendo il registro.

Nessuna risposta.

— Assente — dedusse la professoressa.

Greta e Lucia si guardarono preoccupate.

Mentre la professoressa pronunciava i nomi degli altri compagni con la solita cantilena annoiata, Lucia strappò un pezzo di carta e scrisse qualcosa di fretta. Il biglietto passò di mano in mano fino a raggiungere il banco di Greta.

IERI L'HO CHIAMATA TUTTO IL GIORNO MA NON MI HA RIPOSTO.
NEPPURE STAMATTINA!
ANDIAMO DA LEI DOPO SCUOLA?
DEVO DIRVI UNA COSA IMPORTANTE!

Quindi Lucia non sapeva niente dell'aggressione e neppure del furto del cellulare. Se Emma non l'aveva raccontato neppure a lei voleva dire che stava proprio male. Greta girò il foglio e scrisse la sua risposta: SÌ.

— La signorina è malata, ha la febbre, deve riposare — le avvisò la domestica.

Stava dritta davanti all'enorme portone di casa Kildare come un feroce cane da guardia. Era alta poco più di un metro, la pelle olivastra e folti capelli neri striati di grigio raccolti in una lunga coda.

— La prego, solo cinque minuti. Ce ne andiamo subito — la implorò Lucia.

— Signora ha detto che non deve uscire.

— Ma non deve uscire, basta che entriamo noi — insistette Lucia, sfoderando il suo sorrisone dell'allegria. Niente. Quella donna era un osso duro. Rimase imperturbabile, ritta davanti all'ingresso con le braccia incrociate. Lucia pensò che assomigliasse alla puzzola dei cartoni animati, ma era molto meno simpatica.

— Signora ha detto no — si ostinò la puzzola.

Le amiche stavano per rinunciare quando Emma sbucò dal corridoio camminando lentamente. Aveva addosso un accappatoio e un paio di calzini a righe, i capelli ancora bagnati arruffati sulle spalle e due occhi gonfi di insonnia. Anche così sembrava una principessa. Una principessa triste. Le salutò con un'occhiata stanca, poi mise una mano sulla spalla della donna e le chiese: — Per favore falle entrare.

Quella scosse la testa cocciuta: — No, signorina. Lei sta male.

Su questo non c'erano dubbi, ma appena aveva udito le voci delle sue amiche si era sentita già meglio.

— Se le fai entrare mangio la colazione — insistette Emma.

La domestica valutò per un momento l'offerta.

— Se mangia signora è felice. Vero?

— Vero.

L'accordo le sembrò vantaggioso, si fece da parte e le fece passare.

— E va bene, ma solo cinque minuti.

— Grazie, signora! — squittì Lucia tutta felice, poi trotterellò in casa.

— Ma è bellissimo qui! — commentò osservando il grande salotto pieno di fiori. Greta invece si fermò un momento a contemplare lo sguardo perso della sua amica. Lei notò la mano fasciata.

— Fa male?

— Fa male.

— Dov'è camera tua? — trillò Lucia ignara di tutto.

Emma abbozzò un sorriso.

— Seguitemi.

La cameretta era grande quanto tutto l'appartamento di Greta. Pareti lilla, letto a baldacchino ricoperto da un florilegio di ortensie rosa pallido, tende in tinta e un piccolo salottino di vimini con tavolo e sedie foderate di morbidi cuscini colorati. Lucia si accomodò subito su una poltrona.

— Ma questo posto è un sogno! — sospirò.

— Sì, è bello — ammise Emma sedendosi accanto a lei.

Greta rimase in piedi, a disagio.

— Anche io quando ho la febbre non riesco a mangiare — disse Lucia osservando la colazione intatta sulla scrivania. — Però dovresti sforzarti, Emma.

Lei scosse la testa: — Io non ho la febbre.

Lucia la guardò perplessa.

— Ieri sono stata aggredita, vicino alla ciclofficina.

— Ma quando? — si preoccupò Lucia.

— Quando ho inseguito Anselmo. Se Greta non fosse arrivata in tempo, non so come sarebbe andata a finire...

Lanciò alla sua amica un'occhiata lenta e grata.

— Che cosa vuoi dire?

— Voglio dire che non desidero tornare in quel posto mai più.

— Ma... che cosa ti hanno fatto? Che c'entra Greta?

— Erano in tre. Mi hanno rubato il cellulare e una collana. Greta li ha picchiati.

— Come picchiati? — fece Lucia sempre più incredula. — Tu contro tre ragazzi?!

Greta annuì massaggiandosi la mano ferita.

— Anche Emma ha fatto la sua parte...

— Già, gli ho tirato un sasso.

Lucia ammirò le sue amiche con gli occhi grandi di meraviglia.

— Cavoli! Io... Cavoli! Ma... veramente... Cavoli!

Emma e Greta si guardarono di sottecchi e qualcosa, sotto la rabbia e la paura, emerse smosso dalla voce stupefatta di Lucia e le fece sorridere. Se l'erano vista molto brutta ma...

— Siete state grandiose! — aggiunse la piccola Lucia dando voce al pensiero di tutte.

Era vero, erano state forti. E coraggiose.

— Sentite — continuò Lucia. — Non possiamo arrenderci proprio adesso.

— Lucia, ascolta — la fermò subito Emma. — Questa storia sta diventando troppo pericolosa. Forse siamo finite in un affare più grande di noi, in cui, magari, sono coinvolti anche quei ragazzi . Pensaci un momento, noi non sappiamo niente di quei pacchi, potrebbero contenere qualsiasi cosa…

— Io so tutto di quei pacchi e non contengono niente di pericoloso. Al contrario… — assicurò Lucia.

Aprì la lampo ed estrasse un quaderno di pelle marrone. La copertina era molto rovinata, gli angoli usurati dal tempo. Una cornice disegnata a sbalzo correva lungo tutta la fodera, con ghirigori più chiari. Era chiusa da un laccio nero, attorcigliato e stretto con un nodo sulla costa.

— È il diario segreto di Anselmo.

Greta ed Emma rimasero a guardala senza parole.

— Ho passato tutta la notte a leggerlo. Non ho capito proprio tutto ma sono sicura che questa sia la chiave di tutti i misteri.

— Ma dove l'hai trovato?! — s'incuriosì Emma.

— Quando voi siete scappate via, io sono rimasta da sola in ciclofficina. Vi ho aspettate tutto il pomeriggio, ma è tornato solo Anselmo. Sembrava agitato. Ha buttato la borsa sul divano e si è messo a parlare con suo papà. Volevo chiedergli dove eravate finite ma quei due continuavano a parlare, non so, forse hanno anche un po' litigato. Insomma, mi sono seduta sul divano ad aspettare che finissero e ho visto il diario sbucare dalla borsa e l'ho preso.

Così dicendo, slegò il laccio e aprì le prime pagine.

Emma si avvicinò per leggere. I fogli erano pieni di appunti. Ognuno iniziava con una data, un luogo, un orario e il nome di un vento.

— Come sugli scaffali nella stanza segreta — rimuginò.

Sotto compariva la dicitura DESTINATARIO, il nome di una persona e il suo indirizzo. Accanto la descrizione sommaria di un oggetto che gli era stato consegnato: busta, lettera, cartolina, pacco, sacchetto.

— Guardate qui.

Lucia prese una delle ultime facciate dove compariva il nome di Bahar, il suo indirizzo e la descrizione della busta che le aveva consegnato soltanto il giorno prima.

— Annota i luoghi e gli orari delle cose che consegna.

Nei pensieri di Emma tutti i pezzi del mosaico iniziavano a trovare una collocazione.

— Forse la stanza segreta è un magazzino dove Anselmo e Guido raccolgono tutte queste cose — disse indicando le pagine del diario. — Potrebbero essere cose mai spedite, come la lettera per Bahar, che non aveva il timbro postale, oppure oggetti smarriti come il sacchetto bianco su quell'autobus.

Raccontò alle amiche ciò che aveva visto alla fermata.

— Rimangono lì un po' di tempo e poi Anselmo li porta ai loro destinatari. Ma da dove vengono questi oggetti, e perché non riconsegnarli subito?

Aveva cambiato espressione, la tristezza si stava sciogliendo intorno ai suoi occhi come il trucco di una serata finita, e quel piglio impertinente e curioso di sempre affiorava lentamente sul viso pallido.

— Per creare momenti perfetti — rispose Lucia senza alcuna esitazione.

Tutte la guardarono senza capire.

— È scritto qui — sfogliò il diario e si fermò su una pagina completamente diversa dalle altre. Niente data, né ora, né luogo, né vento. Solo una confessione d'inchiostro blu. Emma la lesse ad alta voce.

— L'aria è percorsa da disegni invisibili agli occhi. Ma se conosci il vento e sai ascoltare il suo soffio, puoi vedere fiumi di parole srotolarsi in cielo come gomitoli di luce. Sono i messaggi perduti, le cose mai ascoltate, i pensieri affidati al vento. L'aria è un tessuto di fili sottili che a volte si spezzano. Noi sappiamo leggere il cielo, trovare i messaggi, riallacciare i fili spezzati e correggere le traiettorie del destino per creare momenti perfetti.

— Lui può leggere il cielo, capite? — sospirò Lucia. — È così che trova i messaggi, guardando l'aria, dove ci sono questi fili sottili che a volte si spezzano. E sono sempre loro a condurlo verso il destinatario, lui deve solo aspettare il momento giusto e poi seguirle.

Emma sollevò gli occhi sulla sua amica con aria scettica. Tutto questo le sembrava davvero assurdo. Ma Lucia non aveva ancora finito.

— Vedete — disse. — Ci sono tante altre pagine come questa, alcune non le ho proprio capite. Però di una cosa sono sicura: Anselmo è un angelo. Come nella foto di Bahar. È un angelo custode! Che c'è sempre quando hai bisogno di lui.

Era così, nessuno lo sapeva meglio di Greta. Anche se sembrava un'idea folle, quella era la semplice verità: lui era sempre arrivato nel momento perfetto.

Emma sfogliò le pagine in silenzio, tutto questo le sembrava assurdo. Un'altra fantasticheria della piccola Lucia. Ma intuiva che, in qualche modo, tra quelle pagine fosse celata una risposta a tutte le sue domande, anche se ancora non riusciva a comprenderla. Sull'ultima facciata vide un appunto ancora più criptico degli altri: 27.03 CM 22.17, Colosseo.

— Ecco perché Anselmo è così riservato e schivo — continuò Lucia. — Deve custodire i suoi segreti.

Queste parole fecero scattare Greta come il grilletto di una pistola. Strappò il diario dalle mani di Emma e lo chiuse stringendolo al petto.

— Ognuno ha i suoi segreti.

— Che cosa fai? — s'indispettì la ragazza.

Non le rispose neppure. Si alzò e se ne andò portandosi via il diario.

— Aspetta, non è tuo! — la rincorse Lucia.

— E neppure tuo — ringhiò lei scrollandosela di dosso. — Per questo lo riporto al proprietario.

Uscì dall'elegante camera della signorina Kildare sbattendo la porta.

— Ma che cosa le è preso? Pensavo che fossimo tutte d'accordo...

Emma la osservò con aria assente, concentrata su ciò che aveva appena letto.

— Io non volevo fare una cosa brutta, l'ho soltanto visto lì e...

— E l'hai preso.

Lucia fece sì con la testa. Adesso si sentiva in colpa.

— Ho fatto male, vero?

La sua amica si strinse nelle spalle.

— Non lo so, Lucia.

Non si aspettava una risposta del genere, non da Emma. Lei sapeva sempre tutto, aveva sempre un piano o almeno una risposta brillante.

— E adesso che cosa facciamo?

— Io... non lo so.

Nessuno

Greta frenò davanti alla ciclofficina con il respiro spezzato dalla rabbia. Aveva pedalato forsennatamente, con il diario di Anselmo nello zaino e un turbine di pensieri nella testa. Sperò che lui non si fosse accorto del furto, in ogni caso aveva deciso di non raccontargli nulla di Lucia e di quello che avevano scoperto. Avrebbe infilato il diario sotto a un cuscino del divano di pelle, nel luogo esatto in cui era stato rubato. In questo modo Anselmo avrebbe potuto pensare che era scivolato fuori dalla sua borsa per sbaglio e tutto sarebbe tornato come prima. Ma quando entrò nell'androne, capì che niente sarebbe mai stato uguale a ieri.

L'accolsero un silenzio insolito e la faccia sconvolta di Anselmo. Intorno a lui il caos. Pezzi di vetro, attrezzi da lavoro, macchie di vernice, tutto era stato gettato a terra con violenza. Biciclette devastate a calci, il mobile di ferro schiantato sul pavimento e il divano, dove Greta voleva nascondere il suo segreto, completamente distrutto. Sui cuscini squarciati da un colpo di lama, giacevano i resti silenziosi della radio di Guido.

— Che cosa è successo? — domandò sconvolta.

— Qualcuno è entrato nella notte.

Era certa di sapere chi.

— Sono stati loro.

Anselmo non rispose, stava fissando una scritta sul muro. Le lettere tracciate frettolosamente gridavano un insulto intollerabile: — Figlio di nessuno.

— Bastardi — fremette lei. — Dobbiamo fargliela pagare. Andiamo. So dove trovarli.

Afferrò la sua bicicletta facendo cenno ad Anselmo di seguirla. Ma lui rimase immobile.

— No.

— Sì, invece. Se non lo facciamo torneranno, te lo assicuro.

— Mio padre è già andato alla polizia a denunciarli.

— Non servirà a niente. Se non ti difendi tu, non ti difende nessuno. Questa è la vita. Almeno qui.

Silenzio.

— Anselmo, ascoltami — disse Greta avvicinandosi. — Conosco quei ragazzi da quando sono nata. Uno di loro vive all'ultimo piano. Da bambino, per giocare, lanciava i sassi dal balcone sulle macchine della polizia. Una volta ha trovato un televisore rotto. E ha lanciato quello. Ha quasi ucciso due persone. La polizia non si è fatta vedere per delle settimane. Non devi permettere a gente così di distruggere questo posto.

Greta era fuori di sé. La ciclofficina era diventata un rifugio, ormai. Un luogo di pace in quel quartiere che odiava da sempre.

— Devi farti rispettare. Se non li fermi adesso verranno di nuovo e non si limiteranno a spaccare un vetro e scrivere una bugia sul muro! — affermò indicando la scritta.

— Non è una bugia, è la verità, Greta. E adesso calmati.

Lo disse senza astio. Con una strana dolcezza quieta. Lasciandola senza parole.

— Io non so chi sono i miei genitori. Guido mi ha adottato. Ero appena nato. Lo so che sembra una storia impossibile ma qualcuno mi ha lasciato davanti alla porta di casa sua, insieme a un cappello da uomo e un biglietto con il mio nome. Poi se n'è andato via per sempre.

Greta rimase a fissarlo ammutolita. Appoggiò la bicicletta al muro e si lasciò cadere sul divano distrutto: — Mi dispiace. Io… scusa. Non lo sapevo.

Anselmo si lasciò andare sui resti dei cuscini squarciati. Con un sospiro inerme, precipitò al suo fianco.

Precipitare insieme, in latino *coincidere*. Una parola antica. Ha fatto molta strada ma non è stanca. Custodisce un mistero che muove l'eterno alternarsi di tutte le cose. Il mutamento, la *coincidenza*. Succede per caso. Succede e basta. Precipitare nel vuoto e sentire il respiro di qualcuno accanto a te. E, nel buio, riconoscerlo. Greta respirò il suo odore. Di vento e di strada. Poi chiuse gli occhi e nel buio disse: — Anche mio padre se n'è andato. Prima ancora che nascessi. Non è più tornato.

Quando li riaprì la sua mano era in quella di Anselmo e lui la stava sollevando.

— Vieni.

In un angolo dell'officina c'erano due barattoli di vernice bianca e due pennelli da parete.

— Ti va di aiutarmi?

— Sì — sorrise Greta.

Aprirono i barattoli con un cacciavite, affogarono i pennelli nella vernice bianca e cancellarono gli insulti con una festa candida di pittura.

Tre schizzi di vernice azzurra macchiavano la pelle nera degli stivali di Emiliano. Provò a cancellarli sfregando con un dito. Niente da fare. Cercò qualcosa per pulirli tra gli scaffali del deposito di suo padre. Studiò le etichette dei vari flaconi cercando di capire a che cosa servissero. Gli sembravano tutti uguali e inutili. S'innervosì. La notte prima le cose gli erano sfuggite di mano. Non voleva distruggere quel posto, solo far capire al tipo in bicicletta che non doveva mettersi in mezzo. Mai più. Poi i ragazzi avevano perso il controllo e avevano esagerato come sempre. E adesso i suoi stivali erano rovinati. Trovò finalmente una latta di acqua ragia. La descrizione stampata sull'alluminio gli fece pensare che poteva funzionare. Stava per aprirla quando il suo cellulare squillò. Sul display comparve il nome di Mao, il ladro.

— Oh, il vecchio è andato alla polizia — lo informò. — Che dobbiamo fare?

Doveva aspettarselo. L'aveva capito subito, quando era entrato in quella specie di officina. Il divano vecchio, i mobili rimediati, gli attrezzi ordinati di chi lavora tutto il giorno. Il vecchio era uno di quelli che si accontentano, che non rischiano mai, che si fidano dei poliziotti. Gente umile, come diceva suo padre. Idioti, proprio come suo padre.

— Venite qui — ordinò.

— Arriviamo, capo.

Al diavolo le macchie e l'acqua ragia. Doveva occuparsi dei suoi affari prima che quei due arrivassero. Scostò i tubi da idraulico per raggiungere un mobile nascosto dietro agli scaffali. Prese un mazzo di banconote dalle tasche. Duecento euro, i soldi che aveva fatto con il cellulare di quella ragazza. Li mise in un cassetto, accanto ad altro denaro. Molto denaro. Suo padre ci avrebbe messo un mese per raggranellare quella somma. Spaccandosi la schiena per montare cessi nelle case dei ricchi. Lui ci aveva messo una settimana. Se hai i soldi hai il rispetto di tutti. Altrimenti non sei nessuno. È semplice. Il mondo gira così. Non è colpa di nessuno. Affidarsi alla giustizia è un grave errore e il vecchio e suo figlio l'avrebbero capito molto presto.

Il vassoio dei biscotti era ormai vuoto ed Emma scrutava le briciole di cioccolato e pastafrolla tentando di mettere ordine tra le parole di Lucia. La sua amica aveva appena finito di raccontarle tutto quello che aveva letto sulle pagine del diario segreto, cercando di convincerla che Anselmo fosse un angelo sceso dal cielo per portare agli uomini i doni del destino.

— Ci dev'essere un'altra spiegazione, perché questa non ha senso — affermò Emma.

— Se tu avessi letto il diario non la penseresti così. Te lo assicuro — s'impuntò Lucia.

In effetti avrebbe tanto desiderato leggere quelle pagine di persona. Ma ormai Greta se l'era portato via e, a giudicare da quanto si era arrabbiata con loro, non sarebbe stato facile coinvolgerla di nuovo nelle loro ricerche. Dovevano continuare da sole, con gli indizi che avevano raccolto fino a quel momento. Ripensò a quello che aveva visto sull'ultima pagina del diario: — 27.03 CM 22.17, Colosseo — ripeté.

— Sì, mi ricordo, ma secondo te che cosa vuol dire?

Lucia sperò che Emma stavolta avesse una risposta.

— Credo sia un appuntamento. Ventisette marzo, alle dieci e diciassette davanti al Colosseo.

— Ma che cosa vuol dire CM allora?

— Forse sono le iniziali del nome del destinatario, però è strano, perché di solito è scritto per esteso. E poi non c'è nessun indirizzo preciso e neppure il nome di un vento.

— Già.

— Abbiamo soltanto un modo per scoprirlo, andare a quell'appuntamento.

Lanciò un'occhiata al calendario sulla sua scrivania.

— È sabato, i miei genitori di solito sono fuori a cena. Potresti venire a dormire da me, così ci andiamo insieme.

— E la puzzola? — domandò Lucia riferendosi alla domestica brizzolata.

— Ha il giorno di riposo.

— Sarebbe meraviglioso, ma... devo chiedere il permesso a mia mamma prima. Non credo che mi lascerà uscire la sera da sola.

— Ma noi le diremo che staremo qui buone buone tutta la notte. E rientreremo prima che i miei possano accorgersi che siamo uscite.

Lucia non sapeva che dire, immaginò quanto sarebbe stato romantico scappare con la sua amica nel cuore della notte per incontrare Anselmo sotto gli archi del Colosseo...

— E va bene — azzardò trattenendo un brivido di paura. — Però non facciamo tardi. E nessuno dovrà mai saperlo.

— Promesso.

Ci fu un altro momento di silenzio.

— Lo diciamo anche a Greta? — propose Emma.

Lucia scosse la testa senza neppure accorgersene. Avrebbe voluto vedere Anselmo da sola, per una volta. Parlare con lui di... di che cosa? Come faceva a guardarlo negli occhi sapendo di aver frugato nei suoi segreti di nascosto?

— Ho fatto proprio una cosa brutta. Greta ha ragione a essere arrabbiata, stavolta.

— Greta è sempre arrabbiata.

Questo era vero, ma non risolveva la questione.

— Forse dovrei parlarle... non lo so, sono così confusa. Mi sembra tutto sottosopra e vorrei trovare il modo di rimettere le cose al loro posto...

Emma alzò le spalle.

— Nessuno ti impedisce di chiamarla, ma temo che non ti ascolterà.

A volte è spaventoso vedere quello che gli altri non vedono, perché non puoi girarti verso un amico e dire: "Vedi, com'è bello"; o rifugiarti tra le braccia di un'amica e dirle: "Guarda, che disastro". Solo chi ci ha amato veramente può credere a ciò che vediamo, comprendere la nostra paura, starci accanto nel viaggio, darci un posto in cui tornare. Anche noi, come tutti, abbiamo bisogno di queste cose. Perché non possiamo vedere quello che accadrà, ma solo ciò che è successo e non conosciamo il nostro futuro ma, a volte, possiamo vedere il vostro scritto nel vento.

Via

Guido uscì dalla stazione di polizia dopo cinque ore. Aveva aspettato davanti a diverse porte chiuse, parlato con molti uomini in divisa, compilato svariati moduli e atteso di nuovo.

— In questo quartiere abbiamo duecento casi come il suo, ogni mese — gli aveva assicurato un agente.

Tono di voce piatto, sguardo annoiato. Il plico di fogli era finito in un armadio di ferro, insieme a tutti gli altri, e l'ennesima porta si era chiusa.

Adesso Guido camminava lentamente per le vie del Corviale, con la sua copia di denuncia per atti vandalici ad opera di ignoti infilata in tasca. Non erano ignoti. Lui sapeva benissimo chi aveva distrutto il suo negozio. Ma non poteva dimostrarlo. Svoltò verso via Gentilini, accompagnato dalla luce intermittente di un lampione che si era appena acceso. La notte era tornata, portandosi via una giornata da dimenticare. Ci sono anche le giornate così, quelle in cui non succede nulla di buono. Pesano sugli occhi e ti fanno scordare il cielo. Guido se n'era scordato. Camminava a testa bassa osservando l'andirivieni delle punte dei suoi piedi sull'asfalto, tra mozziconi e cartacce, nauseato dallo squallore di quella inutile periferia. Poi, all'improvviso, sentì qualcuno che rideva dal fondo della strada. Lo riconobbe, era suo figlio. Gli rispose un'altra risata, più dolce, quella di una ragazza. Venivano dall'officina. Alzò la testa e si accorse di essere già davanti all'ingresso del suo negozio. Le pareti erano tornate bianche, il pavimento era pulito e le biciclette stavano allineate ordinatamente lungo il muro. Greta e Anselmo avevano lavorato tutto il giorno ed erano sporchi di vernice e polvere dalla testa ai piedi, ma erano felici.

— Ciao, papà — gli sorrise suo figlio.

— Buonasera — salutò Greta.

Guido mise una mano nella barba grigia e ammirò la luce dei loro occhi.

— Avete già sistemato tutto... — si stupì.

— Quasi tutto — ammise Anselmo.

Il divano e la radio erano distrutti e non c'era modo di ripararli. Guido gli lanciò un'occhiata malinconica. Poi tornò a guardare suo figlio, con orgoglio.

— Avete fame?

— Io sì.

— Anche io.

— Andate a mangiare. Qui ci penso io.

I ragazzi uscirono nella notte in sella alle loro biciclette. I vestiti e i capelli schizzati di bianco. In tasca qualche soldo per una pizza offerta da Guido per ringraziarli.

— Andiamo da Remo? — propose Anselmo pedalando lentamente al suo fianco.

— Dov'è?

— Non ci sei mai stata?

Greta arrossì, lei mangiava sempre a casa, sua mamma trovava stupido spendere soldi per il cibo, dato che lavorava in un ristorante e portava a casa montagne di avanzi.

— No.

— Non è lontano da qui. Ci sono i tavoli all'aperto e la pizza è sottile e croccante.

S'immaginò seduta davanti ad Anselmo, sporca di pittura, a mangiare una pizza sottile e croccante. Le biciclette legate allo stesso palo e loro allo stesso tavolo, sotto le stelle di primavera. Arrossì ancora di più.

— Va bene — balbettò.

In fondo quello era il suo primo appuntamento. Aveva sempre pensato che fosse necessario passare ore davanti allo specchio a scegliere i vestiti adatti, abbinare le scarpe con la borsa, decidere che cosa dire, che cosa fare prima di incontrare un ragazzo. E invece lei era conciata peggio di un muratore e tutto era successo talmente in fretta che aveva appena avuto il tempo di lavarsi le mani.

Scattò il rosso e si fermarono.

Anselmo la guardò, rannicchiata sopra la sua bici con lo zaino in spalla e gli anfibi macchiati. Piccola e forte nella cornice sterminata della notte di periferia intorno a lei. Era bellissima.

Come una stella rara che sfida la tenebra con la sua luce minuscola. Come quel neo al centro del mento, nell'universo solitario del suo volto.

— È perfetto.

— Che cosa?

— Il tuo neo, è un cerchio perfetto.

Lei abbassò gli occhi imbarazzata e lo coprì con una mano, come faceva sempre, per cercare di cancellarlo.

— Odio questo neo.

Anselmo le scostò le dita dal mento, come a voltare la pagina di un libro che raccontava da troppo tempo la stessa storia.

— Non devi. È perfetto.

Si avvicinò alle sue labbra oscurando il mondo intorno a loro. La scacchiera angusta dei condomini, i lampioni cianotici a bordo strada, la falce sottile della luna appena sorta, tutto scomparve nell'ombra di lui. Greta spalancò gli occhi cercando di vedere attraverso il buio di quel bacio così vicino da sembrare irreale, ma a un soffio dalle sue labbra furono colpiti da una lama di luce accecante.

— Sono qui, capo— grugnì una voce dietro al faro di un motorino. — Li abbiamo trovati.

Emiliano li raggiunse, scese dalla moto da corsa e andò dritto verso Anselmo. — Mi devi dire qualcosa?

Anselmo non rispose, allungò un braccio verso Greta, spingendola alle sue spalle per proteggerla.

— Bravo. Stai zitto. Devi stare zitto. E anche tuo padre. Zitti.

Emiliano strinse le dita nei guanti di pelle e sferrò un pugno verso la sua faccia. Anselmo schivò il colpo con uno scatto prodigioso. Gli altri gli furono subito addosso. Cercarono di afferrarlo da dietro, ma lui sfuggì come vento tra le loro braccia. Si chinò verso Greta, sottraendola al tafferuglio delle loro mani. La prese per i fianchi e la caricò sulla bicicletta prima che i ragazzi potessero toccarla, ma uno di loro afferrò il suo zaino, strappandoglielo dalle spalle. La cerniera si aprì e tutto quello che c'era dentro esplose in aria, precipitando a terra. E, nella pioggia confusa degli oggetti, comparve il diario segreto di Anselmo.

Lui lo vide volare oltre la rissa e piombare ai piedi di Emiliano. Guardò Greta solo un istante, cercando nel suo sguardo una spiegazione. Lei aprì la bocca per dire qualcosa ma fu subito strattonata dal maiale. Anselmo la lasciò andare, precipitandosi a raccogliere il diario. Troppo tardi. Quel secondo perduto negli occhi di Greta era stato fatale. Il diario era nelle mani di Emiliano.

— Ridammelo — ringhiò Anselmo.

Si scagliò contro di lui pronto a tutto per riprendersi i suoi segreti. Emiliano lo capì e capì anche che aveva per le mani qualcosa di molto prezioso. L'avrebbe usato per ricattare Anselmo, se gli fosse saltato in mente di tornare alla polizia.

— Ti ha detto che devi stare zitto — ribadì il maiale.

— Andiamo. Abbiamo finito qui — ordinò il capo.

Infilò il diario nella giacca e partì sgommando. Anselmo montò in bici, deciso a inseguirlo, ma il motorino gli tagliò la strada. Il maiale, sollevato sulla sella, roteò una spranga di ferro, colpendo le ruote e disarcionandolo.

— Grande Spranga! — esultò Mao.

I rumore dei motori sfumò nel traffico oltre il semaforo. Scattò il verde, ma nessuno di loro due ebbe la forza di muovere un solo passo. Greta si chinò su di lui aiutandolo ad alzarsi.

— Anselmo, io…

— Tu non sai che cosa hai fatto — disse secco, scostandola con un gesto nervoso.

— Aspetta.

— Tutto questo non doveva succedere. Se quel diario finisce nelle mani sbagliate… — non ebbe neppure il coraggio di finire la frase. Esaminò la ruota posteriore della sua bici, completamente deformata dal colpo di spranga. Inutile tentare di inseguirli ancora.

— Prendi la mia — propose lei offrendogli la cosa più preziosa che avesse.

Lui scosse la testa. Una piega obliqua si disegnò sulle sue labbra, non era tristezza, non solo. Era delusione. Lei l'aveva deluso. Non le chiese come avesse avuto il diario, non l'accusò neppure di averlo rubato. Le voltò le spalle e mormorò: — Torna a casa, Greta.

Il mattino dopo Sciagalle entrò nel bar di via Gentilini con una maglietta gialla su cui aveva dipinto due cactus a bordo di un tandem. Ordinò un buon cappuccino. Lo bevve origliando le consuete conversazioni di quartiere. Il calcio, l'assicurazione della macchina, il calcio, la pagella di mio figlio, il calcio, i soliti vandali e le loro scorribande notturne.

— Che poi quei due sono gente tanto buona.

— Sì, proprio persone per bene — dissero due signore sorseggiando il loro caffè.

Sciagalle notò che avevano due crocchie di capelli grigi e ispidi del tutto uguali ai cactus dipinti sulla sua maglietta, e sorrise.

— Da quando sono arrivati loro in questa via — disse il primo cactus — si sente sempre quella bella musica. Coi pianiforti, e tutte le orchestre. Mi piace tanto. Mi rilassa proprio.

— È musica classica, me l'ha detto mia figlia — spiegò il secondo cactus.

— Bella, si vede che sono gente che c'hanno gusto.

— E infatti, le tragedie succedono sempre nelle persone migliori.

— Sì, proprio nelle migliori.

Sciagalle realizzò soltanto in quel momento che i due cactus stavano parlando della ciclofficina.

— Ma dove, al negozio di biciclette?!

— Che, non l'hai sentito?

No, non l'aveva sentito. Saltò immediatamente sulla bici da cross e corse verso la ciclofficina, lasciando le signore alle loro conversazioni.

Entrò trafelato nel grande androne e sbottò: — Hans! Che è successo?!

Poi si guardò intorno e vide che tutto era come prima, anzi, meglio. Le pareti sembravano dipinte di fresco e quell'orrendo divano graffiato era sparito.

— Niente di grave — rispose Guido.

Anselmo non pareva per nulla d'accordo. Aveva un'espressione cupa. Lo salutò con un mano e poi tornò a lavorare.

— Sono entrati l'altro ieri notte. Ma abbiamo già sistemato tutto.

— Mi dispiace, se lo avessi saputo sarei venuto ad aiutarvi.

Guido scosse una mano, come a dire che non doveva preoccuparsi.

— Ci ha aiutato Greta.

Quel nome risalì lungo le braccia di Anselmo come una scossa elettrica. La chiave inglese gli sfuggì dalle mani cadendo a terra. Il rumore risuonò nell'androne silenzioso. Sciagalle si avvicinò per raccoglierla.

— Tutto bene, Hans? — chiese sottovoce.

Lui prese l'attrezzo, fece un sorriso triste e abbassò la testa. Non c'era bisogno di altra risposta.

— Dai, andiamo a farci una passeggiata.

— Ciao, Greta. Come stai?

Gli occhioni di Lucia brillarono davanti a lei, limpidi e gentili. Greta avrebbe voluto cancellarli dalla faccia dell'universo.

— Vattene.

— Lo so che sei arrabbiata con me. E hai ragione.

Legò Merlina all'inferriata della scuola senza dire una parola.

— Ho fatto una cosa brutta — proseguì Lucia. — Adesso anche Anselmo mi odierà.

Chiuse la catena con un scatto e si voltò furente contro di lei.

— No, lui pensa che il diario l'abbia rubato io.

Lucia ci rimase malissimo.

— Ma... perché?

Non aveva nessuna voglia di spiegare che cosa era successo la sera prima. Solo a pensarci le veniva voglia di piangere. Trattenne le lacrime, le spinse così in fondo che si trasformarono in rabbia.

— Sei solo una bambina stupida.

Lucia ammutolì. Gli occhi le si riempirono di lacrime che non provò neppure a trattenere.

— Fermati. Fammi spiegare — le chiese mentre la sua amica saliva le scale davanti all'atrio, salendo i gradini due a due.

— Ascoltami, Greta.

Niente da fare, era già arrivata davanti alla bidelleria, girò in corridoio ma si dovette fermare davanti alla folla degli studenti che entravano nelle aule. Lucia la raggiunse.

— Ci parlo io con Anselmo. Gli spiego tutto. Davvero. Lo so che è solo colpa mia. Non è giusto che ci vada di mezzo tu.

La prese per una mano, come a chiedere perdono, ma Greta si divincolò. Sentì il sangue scomparire nelle vene e riempirle d'improvviso il cranio, le ossa scricchiolare sul punto di rompersi e tutta quella gente intorno a lei franarle addosso come un muro di mattoni.

— Ti ho detto di sparire! — gridò spingendola contro quel muro.

La Moretti si affacciò al corridoio: — Che cosa sta succedendo?

Greta si guardò intorno, tutti la osservavano spaventati. Il bidello si fece avanti.

— Stai tranquilla, va bene?

No, non andava bene, non andava bene per niente. Gli diede una spallata violenta, si fece largo con due gomitate e corse per il corridoio, verso l'uscita.

— Bianchi! Dove vai?! — strillò isterica la Moretti. — Sarò costretta a chiamare...

La sua voce si perse oltre il cancello d'ingresso. Greta slegò Merlina e saltò in sella, pronta a pedalare lontano da quel posto per il resto dei suoi giorni.

Ascoltami

Sciagalle e Anselmo passeggiavano in silenzio sul marciapiede di via Gentilini. Niente biciclette, stavolta. Era come se il mondo chiedesse di essere osservato con più calma, senza la fretta di arrivare da qualche parte. Respirando al ritmo di un passo, un piede dopo l'altro.

— È per via di Greta vero? — indovinò Sciagalle.

— Che cosa?

— Quella faccia.

Anselmo sorrise mesto.

— È successo qualcosa?

Era successo tutto. L'aggressione, il diario rubato, e lei

che era entrata nel suo cuore per tradire la sua fiducia. Come faceva a spiegarglielo? C'erano troppe cose che non poteva dire, altre per cui non aveva le parole giuste. Non gli restava che il silenzio, come sempre. E la sua solitudine assordante. Quando stava così, parlava sempre con suo padre. Lui sapeva, e poteva capire. Ma stavolta non poteva farlo, Guido non doveva sapere del furto.

— Ho capito, non vuoi parlarne.

— No, è che...

— Non sai che cosa dire... so cosa vuoi dire... insomma. Anche a me succede. Sai che cosa si fa in questi casi?

— No.

— Niente. Non si fa niente.

Anselmo lo guardò perplesso, ma lui non diede ulteriori spiegazioni a riguardo. Continuò a camminare, un piede dopo l'altro, con lo stesso ritmo. Svoltarono in una via più piccola che sbucava su una piazza. Al centro macchine parcheggiate in doppia e tripla fila e, davanti a un cancello, alcuni mobili accatastati in attesa di essere sgomberati dal camion dell'immondizia.

— Fammi dare un'occhiata. Magari c'è qualche pannello di legno per i miei quadri.

— Dipingi quadri?

— Dipingo tutto. Dammi una lavatrice e te la trasformo nella Gioconda.

Sciagalle era incredibile, riusciva a scipparti una risata anche nei momenti più neri.

— Guarda, questa è perfetta.

Prese l'anta di un armadio di legno grezzo. Era grande e liscia.

— Ti ci faccio un bel paesaggio, stile ottocento. Con le pecore e le colline. Se no la metto in verticale e ci faccio una pala da altare, con i Santi e la Madonna. Che manco Giotto!

La sollevò in alto per mostrare meglio i suoi progetti, e, sotto al cumulo di cianfrusaglie, Anselmo vide emergere un divano di velluto rosso ciliegia.

— Prendiamo anche questo — si esaltò subito Sciagalle. — Lo mettiamo al posto della zeccarola. Guarda che classe. Ti risolve il salotto.

Non era una cattiva idea. Appoggiarono un paio d'ante sul divano e se lo caricarono in tutta fretta, prima che il camion della nettezza urbana portasse via quei preziosi tesori.

— Oh, ci serviva proprio. Vedi, a volte il caso — commentò Sciagalle.

Il caso.

Di solito Anselmo poteva vedere le sue traiettorie nell'aria ed era costretto a rincorrerle, anche quando avrebbe voluto fermarsi. Quel giorno era successo qualcosa di diverso. Non stava correndo, non stava cercando, non stava facendo niente. Ascoltava un amico, camminando a caso per le strade di Roma. E aveva trovato un dono, nascosto tra ciò che la gente non vuole più. Se tutto questo aveva un senso, lui non riusciva a capire quale fosse, e forse era arrivato il tempo di smettere di farsi domande inutili. E sedersi su un divano nuovo.

— E dai, rispondi.

Emma e Lucia avevano passato tutto l'intervallo a chiamare Greta al cellulare ma lei sembrava scomparsa.

— E se le è successo qualcosa? — si preoccupò Lucia. — Non me lo perdonerei mai.

— Non le è successo niente, è solo arrabbiata.

Digitò per l'ennesima volta il numero di Greta mentre suonava la campanella di fine ricreazione.

— Dobbiamo andare.

Emma sentì il suono d'attesa del telefono interrompersi e la voce di Greta rotta dal pianto: — La smetti di chiamarmi?!

Poteva mettere giù, poteva spegnere il telefono e invece aveva risposto. Significava che aveva bisogno di parlare, anche se non l'avrebbe mai ammesso.

— No, non la smetto. E adesso tu mi ascolti.

— Io non ho voglia di ascoltare nessuno! — singhiozzò lei, ma non era vero ed Emma lo sapeva. Quindi continuò a dire ciò che doveva come se niente fosse.

— Fra due giorni Anselmo sarà davanti al Colosseo, alle dieci e diciassette di sera. Io e Lucia andremo da lui e gli racconteremo che abbiamo rubato il suo diario e che tu non c'entri niente.

Greta ammutolì.

— Quando saprà la verità non avrà nessun motivo per essere arrabbiato con te.

I singhiozzi si sciolsero in un respiro quieto. Stupito. Non se l'aspettava, non da Emma. Allora non era tutto finito. Forse c'era ancora una possibilità. Ma il solo pensiero di vedere di nuovo quello sguardo deluso su di lei l'annientava. Meglio lasciar perdere.

— È inutile, penserà che ci siamo messe d'accordo per dirgli una bugia.

— E noi gli dimostreremo che stiamo dicendo la verità.

— Come?

— Non lo so, dobbiamo studiare un piano. Ma dobbiamo farlo insieme.

Eccola di nuovo con i suoi piani. Fino a quel momento avevano soltanto creato problemi. Greta non voleva fare un piano, voleva soltanto mandare tutto all'aria e dimenticarsi per sempre di quella storia. Eppure qualcosa la spingeva al di là dei suoi pensieri più cupi. In un posto dove non c'erano più segreti ma soltanto lui, e il suo odore di vento e di strada.

— E adesso torna qui — ordinò Emma. — È vietato piangere senza un'amica.

— Due amiche! — rivendicò la voce di Lucia da lontano.

Un sorriso minuscolo increspò le guance bagnate di Greta.
— Arrivo.

Il mattino dopo Anselmo leggeva il giornale seduto sul nuovo divano rosso. Sciagalle lo aveva battezzato "cerasa", che in romanesco significa ciliegia, perché era morbido e rosso e dava una sfumatura d'estate a quel posto. Parole d'artista... pensò Anselmo voltando pagina sulla cronaca di Roma.

— Stasera c'è la CM — ricordò suo padre ripulendo un attrezzo macchiato di grasso. — Ci vai?

— Sì, ho una consegna.

Guido inclinò la testa incuriosito: — Che strano posto per una consegna.

Anselmo annuì passando alla pagina delle previsioni del tempo. Serata mite, vento debole, temperatura primaverile.

— A che ora devi recapitare?

— Alle dieci e diciassette.

— Anche questo è strano. Forse il destinatario è uno dei ciclisti. Hai già visto il colore?

— No, non ancora.

Guido appoggiò l'attrezzo e scrutò suo figlio. Era nervoso, taciturno. Avrebbe voluto dirgli qualcosa, ma ebbe la sensazione che fosse meglio rispettare il suo silenzio. Lanciò un'occhiata alla Graziella di Lucia. Era rimasta tra le altre bici da aggiustare. Con una ruota riparata e l'altra ancora storta. Il telaio però splendeva completamente liberato dalla ruggine.

— Chissà che fine hanno fatto quelle ragazze. Peccato, avevano iniziato così bene...

Anselmo non rispose. Per un momento desiderò raccontare a suo padre tutto quello che era successo e chiedergli di aiutarlo a riprendersi il diario, ma avrebbe messo di mezzo Greta e le sue amiche, e non voleva. Doveva cavarsela da solo. Aveva provato a cercare quei ragazzi per strada, ma non sapeva da che parte cominciare. Era sempre stato alla larga da gente così. Era sempre stato chiuso nella ciclofficina a lavorare, aspettando i segnali del vento, oppure in giro per le strade di Roma a recapitare messaggi. Ma del suo quartiere non sapeva nulla. Greta, solo lei poteva aiutarlo. Ma l'aveva tradito. Non poteva fidarsi. Non più.

— Non credo che torneranno — disse aspro.

Chiuse il giornale, prese le chiavi col laccio di cuoio e andò a rifugiarsi in magazzino. Quel luogo gli dava sempre una sensazione di pace. Come se quei messaggi fossero la prova di un disegno più grande, che raramente possiamo vedere, ma che muove i nostri passi verso un orizzonte di felicità. Ogni singolo istante. E che chiede solamente un po' di fede e di speranza, per compiersi, finalmente.

Si sedette a terra, davanti agli scaffali carichi di messaggi smarriti, e osservò le loro scie. Nessuno poteva vederle, solo lui. Ondeggiavano come fiamme di luce di molti colori diversi. Una sfumatura per ogni oggetto. Nel tempo, Anselmo aveva imparato a distinguere la natura di ogni tonalità, il rosso per le parole che bruciano in gola, spezzano il fiato e non sanno liberarsi nell'aria, il blu per chiedere perdono di ciò che è stato, il giallo per asciugare le lacrime, il verde quando è troppo tardi o è troppo presto ma doveva andare così, celeste è la tinta di un ricordo, rosa è una promessa, viola per qualcosa che nasce, ciò che finisce invece è bianco, come l'ultima pagina di un libro, nera è l'ansia di arrivare, l'urgenza che il messaggio sia consegnato e destino si compia.

Una fiamma nera guizzò all'improvviso da un sacchetto di carta bianca. Ecco il mutamento. Quando un messaggio era vicino al suo momento perfetto, l'intensità della sua fiamma mutava. Significava che doveva essere consegnato, ed ora era il momento di quella busta. Anselmo lo riconobbe, l'aveva trovato pochi giorni prima, su quell'autobus davanti al serpentone. Ora sapeva che cosa avrebbe dovuto consegnare quella sera.

Chi conosce il vento può leggere il cielo
e i suoi messaggi. Vento di Tramontana,
vento di Libeccio, vento caldo di Favonio,
per voi l'aria ha solo una temperatura diversa
e un movimento variabile, ma per noi
ha un sapore, un suono e una luce che ci conduce
tra le strade invisibili del destino
con parole sussurrate.

Mutamento

Alle ore dieci di sabato ventisette marzo, Greta, Emma e Lucia scoprirono il significato della sigla CM. Un centinaio i ciclisti a bordo delle loro biciclette si stavano radunando ai piedi del Colosseo. Le luci accese, l'andatura vaga di chi deve ancora partire, facevano pensare a uno sciame di lucciole sospeso tra gli archi dell'anfiteatro. Entro pochi minuti sarebbe andato in scena uno spettacolo irripetibile: le automobili avrebbero rallentato, avrebbero rispettato la precedenza, non avrebbero parcheggiato in seconda fila, i clacson si sarebbero via via zittiti e le strade sarebbero state occupate da un corteo di biciclette e dal sussurrare gioioso dei loro pedali. Almeno per qualche ora, la notte della capitale sarebbe stata a misura di ciclista perché stava arrivando la Critical Mass! CM è la sigla di un'invasione. Le biciclette scendono in strada per rivendicare il loro spazio, obbligando i viaggiatori muniti di motore a portare il dovuto rispetto a quelli muniti di buone gambe. Una moltitudine di ciclisti tale da innescare una reazione a catena. Meno traffico, più silenzio e più aria. Tantissima aria per tutti.

— È meraviglioso, vero? — disse la voce di Sciagalle.

Le ragazze si voltarono e lo videro a bordo della sua bici da cross con i maiali e addosso una delle sue magliette improponibile. Quella era verde acido, con un unicorno viola che balzava oltre arcobaleno a bordo di un triciclo. Emma storse la bocca disgustata. Lucia invece applaudì entusiasta: — È stupendo! Ma tu ci eri già venuto?

— Certo, tutte le volte!

— Io mai, non avevo capito che bisognava portare una bicicletta…

— Be', sì. Il senso della manifestazione è un po' questo. Più biciclette ci sono, più siamo forti.

— Uffa, non lo sapevo. E adesso come facciamo? — domandò Lucia voltandosi verso Emma. E, per una volta, non fu lei a trovare la risposta giusta… ma quello strampalato ragazzo.

— Emma può andare con Greta, e tu puoi salire con me — disse come se fosse la cosa più naturale del mondo.

Greta s'irrigidì, non aveva mai portato nessuno su Merlina e non era sicura di esserne capace. Lucia invece accolse l'idea con il solito entusiasmo.

— Che divertente! — Si sedette sulla canna della bici da cross, sistemando la gonna a fiori sulle ginocchia. — Ma sei capace? — chiese a Sciagalle.

— Adesso vediamo...

Partirono malfermi sulle due ruote, ridendo come due bambini al parco giochi.

— Però dobbiamo tornare subito — avvisò Lucia. Avevano un piano e lei non poteva lasciare le sue amiche da sole.

— Sì, facciamo un giro di prova — assicurò Sciagalle.

Greta ed Emma rimasero sole, poco discoste dalla folla. Greta scrutava l'orizzonte cercando Anselmo fra le biciclette, mentre la sua amica sorrideva ammirando Lucia che prendeva il largo fra le braccia di un nuovo amico.

— Secondo me quei due si piacciono... — mormorò.

Ma le sue parole furono cancellate dal gracchiare di due motorini che le affiancarono all'improvviso. Erano tornati. Le avevano trovate un'altra volta. Emma fece un passo indietro, stringendosi alla sua amica in preda al panico. Greta le strinse la mano, preparandosi ad affrontarli.

— Dov'è Anselmo? — domandò il capo scendendo dalla sua moto. — Devo parlargli.

Sapeva anche lui dell'appuntamento di quella sera, quindi aveva letto il diario, fino all'ultima pagina, e aveva decifrato il messaggio.

— Che cosa vuoi da lui? — chiese Greta a muso duro.

— La mia parte. Non si fanno affari nella mia zona senza pagare.

Greta lo guardò senza capire.

— So leggere anche io, sai? — Lanciò un'occhiata a Emma e aggiunse: — Anche se non vado a scuola con le ragazze perbene.

Emma rabbrividì, senza trovare il coraggio di aprire bocca.

— E ho trovato cose molto interessanti su quel diario. Tutte quelle consegne… non vi hanno mai fatto venire nessun dubbio?

Le facce sconvolte delle due ragazze furono una risposta abbastanza chiara.

— No, vero? — ghignò. — Sentite, non mi interessa che cosa spaccia, io voglio la mia parte. A cominciare dalla consegna di oggi, e voi… vi siete cacciate in un brutto guaio, signorine.

La risata squallida del maiale si levò alle loro spalle.

— Vattene, lasciaci in pace — supplicò Emma.

E accadde di nuovo, Anselmo comparve nel momento più buio. Alle 22.17 in punto, sfrecciò silenzioso tra le bici e raggiunse Emiliano.

— Benvenuto — lo accolse sarcastico il capo. — Mancavi solo tu.

Anselmo non gli rispose, scese a terra, aprì la sua borsa da postino ed estrasse un sacchetto di carta bianca.

— Questo è tuo — disse scagliandogli sul suo petto il messaggio. Lui fu costretto ad afferrarlo al volo.

— Volevi sapere che cosa spaccio? Allora aprilo.

Lo fece, ma quello che trovò era molto diverso da ciò che si aspettava. Sbiancò e strinse la busta al petto. Con troppa fretta. Come una porta su una stanza che nessuno, per nessuna ragione, avrebbe mai dovuto aprire. Afferrò Anselmo per la maglietta e inveì: — Bastardo, devi dirmi dove l'hai presa.

Lui non rispose.

— Parla.

— No, io devo stare zitto. Ricordi?

Sì, l'aveva detto lui. Ma ora aveva bisogno di sapere, prima che da quella stanza dimenticata uscissero le ombre di un passato così lontano da sembrare solo un sogno sbiadito. Prima che gli chiedessero la ragione di quel lungo, violento silenzio. Prima che le ombre urlassero, lo fece lui: — Mi devi dire chi te l'ha data!

Un nugolo di luci di bicicletta si voltò verso di loro, attirate da quel grido come dalla fiamma di una candela.

— Non ci piacciono i motorini — disse una voce oltre il muro di luci.

— E allora andatevene — sbraitò Spranga.

— No, non avete capito — fece Sciagalle emergendo dalla moltitudine dei fari. — Siete voi che ve ne dovete andare.

Le biciclette erano ormai quasi un migliaio e li accerchiarono come un esercito silenzioso. I tre accesero i motori, certi che si sarebbero dispersi, e invece i ciclisti proseguirono la loro marcia serrando le fila implacabili.

La massa critica aveva appena innescato la sua prodigiosa reazione a catena.

— Fuori! Fuori! Fuori i motori! — esclamò qualcuno.

Emiliano diede gas, ma il ruggito dei pistoni non fece paura a nessuno. Al contrario, fece arrabbiare tutti. Alla prima si unì un'altra voce. E poi un'altra, e un'altra ancora, fino a diventare un coro gigantesco, come un'onda anomala capace di travolgere qualsiasi cosa. Greta l'ascoltò e capì di essere una goccia di quella corrente di respiri, muscoli e pedali. Piccolissima e forte. Carica dell'energia di tutto il popolo dei ciclisti. Strinse la mano di Emma e si mischiò alle voci, urlando con tutte le sue forze.

— Fuori i motori!

Non avevano scelta. Erano in netta minoranza e lontani dalla loro zona. Emiliano e i suoi furono costretti ad indietreggiare, spazzati via dalla massa critica. Fecero inversione e scapparono, perdendosi nella notte. La folla esultò, accompagnando l'uscita dei motori con un giubilo di campanelli. Emma si guardò intorno incredula. Ce l'avevano fatta. Li avevano cacciati. Quei tre erano scappati come conigli.

— Abbiamo vinto! — trionfò stringendo forte Greta.

Lei rimase quasi immobile, ferma nell'euforia di un istante indimenticabile e, dall'alto di quell'abbraccio, vide Anselmo. In piedi, tra la folla in festa.

La stava guardando con un'espressione indecifrabile. Avrebbe voluto correre da lui, saltargli al collo e chiedergli scusa, anche se non aveva colpe, anche se non aveva senso, soltanto per averlo vicino un momento ancora. Ma Lucia fu più veloce di lei.

— Fammi scendere! Adesso! — disse a Sciagalle in tono perentorio.

Lui allargò le braccia lasciandole lo spazio per saltare giù dalla canna della sua bici: — D'accordo, ma cosa...

Lei non gli diede neppure il tempo di finire la frase, balzò a terra e corse verso Anselmo.

— Senti, devo dirti una cosa — esordì senza nessun preambolo. — Il diario te l'ho rubato io. Greta non c'entra niente. Lei non voleva che lo leggessimo. Ce l'ha strappato dalle mani e te lo ha riportato indietro. Poi sono arrivati quei delinquenti, ma non è colpa sua. È solo colpa mia — disse tutto d'un fiato. Se si fosse fermata, ne era certa, non avrebbe mai trovato il coraggio di confessare ciò che aveva fatto.

Anselmo la osservò in silenzio.

— Devi credermi, non ti sto dicendo una bugia. Io...

— So riconoscere una bugia — la interruppe lui.

Poi le sorrise.

— E comunque tu non sapresti mentire neppure se volessi.

Era vero. Ma Lucia non aveva ancora finito.

— Ti volevo chiedere scusa. Anche se non servirà a restituirti il diario — ammise dispiaciuta.

— Purtroppo no — confermò Anselmo. Però le sue parole gli avevano restituito qualcosa di ancora più prezioso: Greta.

Si voltò verso di lei e vide i suoi occhi incerti e spaventati brillare tra i fari ondeggianti.

— Lucia! — chiamò Emma accorgendosi di quello che stava succedendo. — Vieni un momento, ti devo dire una cosa.

La ragazza camminò perplessa verso di lei, lasciandoli soli a perdersi nei loro occhi.

— Che c'è?

— Andiamo via, adesso devono parlare... — bisbigliò in tono complice.

— Ma io...

— Niente ma, tanto è inutile. Non vedi?

— Che cosa?

Emma sollevò le spalle e sorrise un poco, come davanti a qualcosa che è già accaduto e ora si può solo contemplare.

— L'amore.

Emiliano spinse la manopola del gas a fine corsa e, se avesse potuto, avrebbe accelerato ancora, distruggendo l'incanto del centro di Roma come la quinta di uno spettacolo insopportabile. Odiava quel posto, le grandi case con vista panoramica, i turisti che pascolavano come mucche, gli autobus sempre in coda ai semafori. Non ci veniva mai e non ci sarebbe mai dovuto venire quel giorno . Guardò nello specchietto retrovisore il motorino dello Spranga diventare sempre più piccolo dietro di lui e desiderò che, con lui, sparisse tutto, molto velocemente, come non fosse mai esistito. Ogni memoria cancellata dal rumore del suo motore, per primo il ricordo dentro alla busta bianca.

Non vedeva quell'oggetto da molti anni e l'aveva dimenticato volentieri. Svoltò sul lungotevere e lo attraversò. Guardando l'acqua nera che scorreva svogliata pensò, per un attimo, di fermarsi e lanciare il sacchetto giù, dove nessuno avrebbe mai potuto ritrovarlo. Ma non lo fece. Corse verso casa, dove gli autobus erano rari, gli appartamenti piccoli e i turisti assenti.

Quella era la sua terra. Rallentò osservando il serpentone e la sua geometria orizzontale, una linea retta sdraiata ai suoi piedi.

Quella era la sua casa.

Frenò davanti al magazzino di suo padre e aprì le porta stringendo il sacchetto bianco con il pugno. Si fece largo tra i tubi, le docce e i gabinetti, raggiunse il mobile nascosto nell'angolo e aprì il primo cassetto. Smontò un doppio fondo facendo leva con la chiave delle sua moto, nel vano segreto c'erano una decina di buste trasparenti che contenevano pasticche di colori diversi. Ognuna valeva una trentina di euro e qualche ora di divertimento e oblio. Prese il sacchetto bianco e lo ficcò tra gli altri, nessuno sapeva dell'esistenza di quel posto, solo lui, lì sarebbe stato al sicuro. Rimise il fondo al suo posto e premette forte con le mani. Non si chiudeva, quella busta era troppo grossa. Riprovò con più forza, schiacciando fin quasi a sfondare il cassetto e distruggere le pasticche. Niente da fare. Fu costretto ad aprire le busta e a prendere in mano quel ricordo dimenticato.

Un spilla d'oro, tempestata di piccole pietre nere e luccicanti, aveva la forma di una rondine con le ali spiegate e un occhio di diamante grande come la corolla di una margherita.

Si ritrovò all'improvviso in un tempo trascorso da molto tempo.

Un cappotto verde scuro e due mani macchiate dall'età e solcate dalle rughe, una era stretta intorno alla sua e lo stava portando verso un'altalena. La voce di una donna anziana, alle sue spalle. Vola, diceva. E spingeva la sua schiena con i palmi tiepidi. Il tocco e il distacco scandivano un ritornello di gioia. La felicità totale di un bambino. E lui volava davvero, avanti e indietro sull'altalena, mentre la rondine rimaneva posata sul cappotto di sua nonna. Serena e immobile, ad aspettarlo.

Attese così per una decina di anni, nel nido verde del cappotto di sua nonna. Poi Emiliano la strappò di nascosto e la scambiò con la sua prima partita di droga. Aveva bisogno di qualcosa per iniziare. Voleva cambiare vita. E infatti da quel giorno la sua vita era cambiata per sempre.

C'erano dieci passi tra di loro, oppure tre colpi di pedale. Scelsero i pedali, nello stesso istante, con la limpida certezza che ogni discesa e ogni salita, tutte le curve, le cadute, le svolte e le frenate, tutto quello che avevano trovato sulla strada in tanti chilometri passati in sella alle loro biciclette, fosse avvenuto per una sola ragione: essere lì, adesso. Insieme.

Le persone sono come cerchi, insieme creano l'infinito. I ciclisti sono come ruote, insieme creano un infinito movimento.

E loro dovevano muoversi.

— Dobbiamo andare a riprenderci il diario — esordì Greta.

Anselmo strinse gli occhi, come accecato da un bagliore improvviso. Intorno alla figura minuscola di lei, balenò un'esplosione di fiamme rosse, che si allungavano nel cielo scuro con lingue evanescenti. Era bellissima, come una guerriera furibonda e implacabile con gli occhi colmi della dolcezza delle foglie.

— No, non è il momento — disse riconoscendo il mutamento. — Ora dobbiamo andare altrove.

— Dove? — chiese lei stupita.

— Seguimi.

La massa critica partì con la sua festa di luci e campanelli, Anselmo e Greta sfrecciarono nella direzione opposta.

Una salita mozzafiato s'inerpicava perdendosi nel buio di un bosco di pini marittimi oltre le mura intorno a monte Celio.

Misteriosa e sublime come l'aria che frusciava nei loro polmoni spalancati verso le stelle.

L'aria protegge i suoi messaggeri
e dona loro la visione del vento e il mutamento
sensibile dei colori. Ma chi distoglierà lo sguardo
dal cielo, non potrà leggerlo mai più.

Impossibile

Allora, partiamo? — chiese Sciagalle raggiungendo Lucia a bordo della sua bici. Staccò un braccio dal manubrio per farle posto sulla canna e la invitò a sedersi con il gesto di un antico cortigiano ossequioso. Era proprio buffo.

Alle sue spalle, Greta e Anselmo se ne stavano andando, abbandonando lo sciame della massa critica. Lucia li ammirò per un momento. Si guardavano, di tanto in tanto, e le sembrò di vedere i loro sorrisi anche da lontano. Abbassò gli occhi, un po' triste per sé, ma anche un po' felice per la sua amica. Quando li rialzò vide quelli di Sciagalle. Marroni. Banali. Pieni di promesse.

— Io... vorrei tanto venire — ammise abbracciando quello sguardo. — Ma non posso. Devo andare a casa, è tardi.

Emma annuì, fra poco i suoi sarebbero tornati e loro due dovevano far finta di essere sempre state a casa.

— Ma... — tentò di controbattere Sciagalle. Poi si fermò senza sapere come continuare. — Allora... Ci vediamo domani in ciclofficina? Dobbiamo finire la tua bici.

— Non so se...

— Poi ti porto a bere un cappuccino — azzardò Sciagalle.

Fu presa in contropiede. Cavoli, quello era una specie di... appuntamento. Il suo primo appuntamento. Stava succedendo davvero. D'accordo, non era certo nel luogo più romantico della terra, e neppure con il ragazzo dei suoi sogni, ma era comunque un appuntamento. Sentì le guance infuocarsi per l'emozione. Guardò Emma in cerca di un cenno. Lei alzò le sopracciglia e inclinò la testa come a dire: che cosa aspetti?! Ma Lucia arrossì ancora di più. Aveva evidentemente bisogno d'aiuto.

— Lucia adora il cappuccino, vero Lucia? — intervenne prontamente la sua amica Emma.

— Sì! — trovò finalmente il coraggio di rispondere lei.

Gli occhi marroni di Sciagalle brillarono brevemente. Impossibile. Aveva detto di sì. E adesso?!

— Ti porto al bar... non alla macchinetta. Lo beviamo nella tazza... il cappuccino, cioè non nella plastica... che è tutta un'altra cosa... cioè è migliore — bofonchiò sempre più impacciato. Quel discorso sul cappuccino in tazza, che gli era sempre sembrato divertente, gli apparve immediatamente inutile. Lei lo guardava con il viso di una madonnina di campagna, con tutti quei ricci neri disegnati intorno al viso rotondo come un velo ricamato.

— È vero, è migliore — disse semplicemente lei.

Sciagalle divenne tutto rosso, gli occhi brillarono e gli angoli della bocca raggiunsero il cielo.

— Bene! — concluse Emma prima che quel povero ragazzo prendesse fuoco. — Allora domani una bella colazione non ve la leva nessuno. Ora però dobbiamo veramente andare, ciao, Sciagalle!

— Ciao — salutò Lucia trotterellando dietro alla sua amica con la sensazione di scivolare a due centimetri dal suolo.

Lui la guardò inebetito senza riuscire ad aggiungere altro, la sua proverbiale parlantina completamente estinta. Alzò una mano e l'agitò in aria. Le dita palpitarono come una falena notturna in mezzo al nugolo delle biciclette in partenza.

— È alto.

— Già.

— Molto alto.

— Sì.

Greta valutò attentamente la possibilità di scavalcare il cancello di Villa Celimontana. Le sbarre erano lunghe una decina di metri, correvano verticali una accanto all'altra e terminavano con guglie appuntite. Nessun appiglio per arrivare in cima e un salto spaventoso per atterrare dall'altra parte.

— Non ce la faremo mai.

Anselmo la guardò con le iridi invase dal pallore misterioso della luce lunare e lei si sentì immensa, come l'orizzonte. Strinse un braccio intorno alla sua vita, chiudendo una mano sull'osso sporgente delle anche, con l'altra sfiorò appena le sbarre, puntò un piede contro il cancello e saltò verso l'alto. L'aveva sollevata da terra come fosse una piuma. Greta sentì un vuoto nello stomaco e vide la strada allontanarsi velocemente dai piedi, le loro biciclette legate insieme diventarono piccolissime e le fronde degli alberi sempre più vicine. Poi, d'improvviso tutto si fermò e lei si rese conto che Anselmo era sospeso sopra una guglia, in equilibrio su un piede. Non era possibile, non aveva mai visto nulla di simile, non riusciva ad immaginare come...

— Giurami che non lo dirai mai a nessuno — sussurrò lui interrompendo il flusso dei suoi pensieri.

— Che cosa?

— Abbracciami — le chiese senza rispondere alla domanda

Lei strinse le mani intorno al suo petto, senza chiedere. Poi vide le sue braccia aprirsi, e un miliardo di fiamme esplodere sulla sua schiena. Una lingua di fuoco per ogni messaggio, una sfumatura volatile per ogni momento perfetto. Nere, blu, bianche, rosse, tutti gli oggetti smarriti avevano lasciato la loro scia nella trama ipnotica di quell'incendio di colore. Greta lo vide, sfavillare e propagarsi come un paio d'ali incandescenti. Le ali vibrarono e loro precipitarono dall'altra parte del cancello lievi come foglie che si staccano dai rami. Caddero lentamente, quasi senza accorgersene e, appena toccarono terra, la ali si spensero nel buio del parco.

— Tu… — tremò Greta. — Chi sei?

Lui le mise un dito sulle labbra.

— Shhh.

Sollevò gli occhi al cielo e osservò le cime degli alberi immobili nell'aria.

— Arriva da ponente. Lo senti?

Greta non sentiva nulla. L'aria era immobile ai suoi occhi. Ma non a quelli di Anselmo.

— Ti porto in un posto, vieni.

Camminarono per un viale sassoso ascoltando i loro passi scricchiolare sui ciottoli. Salirono una breve scala di marmo costeggiata da un bosco di palme. La salirono per metà, poi Anselmo abbandonò gli scalini e s'inoltrò tra gli alberi.

— Siamo quasi arrivati.

Greta lo seguì. Si affacciarono su un declivio erboso, inondato dalla luce blu della luna. Proseguirono fino in cima e si sdraiarono nell'erba, l'uno accanto all'altra.

Anselmo chiuse gli occhi e respirò l'odore del prato notturno. Il naso piccolo e il mento rotondo attraversati dal solco morbido delle labbra. Un paesaggio senza precipizi. Le curve del suo volto si susseguivano come colline dove perdersi poco a poco.

Greta avrebbe voluto allungare una mano e toccarlo, per sapere che non era un sogno, che stava accadendo davvero e stava capitando proprio a lei.

Però non lo fece, come se a toccarlo, un sogno, poi magari non c'è più. Sprofondò nel prato accanto a lui e chiuse gli occhi. Sentì la sua mano intrecciarsi alle proprie dita e il calore timido di quel contatto risalire lungo le braccia con un brivido.

— È qui che ho visto il vento per la prima volta — raccontò Anselmo.

— Che... vuoi dire?

Era difficile da spiegare, cercò le parole scrutando le stelle, senza trovarle. Poi un refolo lieve soffiò all'improvviso, frusciando nell'erba come la risposta più opportuna.

— Tieni gli occhi chiusi e respira — disse la voce di Anselmo.

Greta obbedì, sentì il vento sollevarsi lentamente e la sua voce come un soffio tiepido e sicuro, nel respiro imponderabile del cielo. Non sapeva dove l'avrebbe portata ma non le importava. L'avrebbe seguito comunque.

— Adesso è ancora debole ma presto crescerà — continuò Anselmo — e farà girare l'elica di legno davanti alla ciclofficina. Allora sentiremo un fischio acuto. Il segnale.

Greta ricordò quel rumore e Anselmo salire sulla bicicletta con la borsa da postino.

— Quando il vento è abbastanza forte da muovere l'elica, il cielo è pronto a essere decifrato. È in quel momento che salgo in bicicletta e attraverso l'aria, alla ricerca dei messaggi perduti.

Greta pensò alle parole di Lucia, all'inizio le erano sembrate insensate e folli ma ora suonavano in modo molto diverso. Provò un senso di vertigine, come lungo una discesa troppo ripida. Tentò di frenare ma si rese presto conto che non voleva. L'unica cosa che desiderava era la verità e Anselmo gliene fece dono.

— Io non so da dove vengono e neppure chi li ha perduti. Posso vedere due cose soltanto: le scie che conducono a loro e il giorno in cui andranno consegnati. Appare un numero, all'improvviso davanti ai miei occhi, sospeso nel vuoto. Lo devo scrivere subito sul mio diario, prima che svanisca di nuovo.

Fece una pausa e scrutò il volto di Greta, cercando di intuire i suoi pensieri. Lei rimase con gli occhi chiusi, abbandonata alla corrente di quella storia senza senso.

— La prima volta che mi capitò fu spaventoso. Avevo sei anni.

— Eri qui, proprio su questa discesa?

— Sul viale, là sotto. Con mio padre — Anselmo fece una pausa, ponderando quel ricordo ancora così vivido.

— E che cosa hai visto?

— Fiamme. Il cielo si è riempito di fuochi scuri. Poi i colori, divamparono uno dopo l'altro, con la violenza di un uragano e poi un vortice che li risucchiava in un'unica scia.

Quell'immagine si compose istantaneamente sotto le palpebre di Greta come un affresco grandioso e terrificante.

— Scappai tra le braccia di papà, continuavo a piangere. Anche se non vedeva quello che vedevo io, lui cercò di tranquillizzarmi dicendomi che forse tutti quei colori erano un arcobaleno. Un arcobaleno speciale, che potevo vedere solo io e che se l'avessimo seguito avremmo di certo trovato una pentola d'oro invisibile.

Greta sorrise, continuando a tenere gli occhi chiusi.

— Così abbiamo attraversato questa collina e poi la strada e poi tutto il quartiere. Guido camminava di fianco a me, stringendomi la mano. Io non sapevo dove stavo andando ma non potevo fare a meno di andare. Seguii la scia fino a un cartello, appeso sopra un'elica di legno, davanti a un magazzino abbandonato.

— La ciclofficina — indovinò lei sbarrando gli occhi.

— C'era scritto: vendesi. Dopo due settimane l'abbiamo comprata.

I due rimasero a guardarsi qualche istante in silenzio. Il vento sferzò i capelli corti di lei, spettinandola

— Perché mi racconti queste cose? — chiese.

Anselmo le mise una mano sulla guancia e accarezzò il suo zigomo con un dito.

— Noi due non ci siamo incontrati per caso, Greta. Né la

prima volta né tutte le altre. È stato il vento a portarmi da te.

— Io… non capisco.

— Neppure io, all'inizio, capivo. Ho visto una scia e l'ho seguita. Pensavo che dovessi darmi un messaggio, ma eri sempre a mani vuote. C'eri solo tu. Nient'altro.

Ricordò la luce rossa che poco prima era esplosa intorno alla sua figura piccola.

— Oggi ho capito che il messaggio sei tu. Tu sei il primo messaggio per me.

Lo stesso rosso brillò sulle labbra di lei, doveva afferrarlo, morderlo, mangiarlo. Anselmo si sporse verso quel colore irresistibile, a precipizio sull'ignoto. Greta percepì il suo respiro accanto alla bocca, sfiorare la pelle increspata di un bacio. Precipitò verso di lui, lungo una discesa infinita. Come quel giorno, sotto la pioggia, la prima volta che lo vide, lui aveva detto qualcosa. Non ricordava cosa. C'era stato un tuono. E ora, il suo schianto scoppiò nel petto di Greta. E ora la discesa non faceva più paura. Cadere, ancora più in basso, fino in fondo, e planare sulle sue labbra. Sprofondò in quel bacio, sentì le mani di lui scivolare sulle guance e poi sul collo e il sapore inatteso della sua bocca. Umido, tiepido come certe mattine accanto al mare.

Una raffica violenta si schiantò all'improvviso fra loro, sollevando un turbine di polvere che li costrinse ad allontanarsi da quel momento perfetto. Si guardarono increduli, senza capire che cosa stesse capitando. Poi le pupille di Anselmo ebbero un guizzo.

— Hai visto una scia? — intuì Greta.

Anselmo annuì. Lei si voltò, ma non riuscì a scorgere niente. Tornò a scrutate Anselmo.

— Voglio vederla anche io.

— Non sono sicuro che sia possibile...

— Insegnami.

Aveva gli occhi fissi e le labbra tese in un sorriso stretto. Non avrebbe accettato nessun'altra risposta che un sì.

— Sì — disse lui. Forse era proprio per questo che Greta era entrata nella sua vita.

— Andiamo, allora! — scattò in piedi lei. Gli prese la mano e lo trascinò in una corsa a perdifiato giù per il declivio erboso. Attraversarono con un salto il viale di sassi e non smisero di correre neppure quando arrivarono davanti al cancello. Greta vide la schiena d'Anselmo incendiarsi e afferrò il suo petto, in una morsa stretta ed euforica. Si sollevarono oltre le sbarre appuntite. Tre passi sospesi a mezz'aria e si ritrovarono fuori dal parco.

Le fiamme si spensero appena toccarono il suolo, e il vento salì ancora. Anselmo scandagliò il cielo e puntò un dito verso la sagoma scura di un palazzo con il tetto affollato di antenne.

— Guarda, è lì.

— Dove?

— Tra le antenne.

— Di che colore è?

— Gialla.

Gialla per asciugare le lacrime, ricordò Greta. Si voltò ma non vide nulla.

— Strano. È molto tenue. Non avevo mai visto una traccia così debole… Dobbiamo seguirla, prima che scompaia.

Greta non aspettava altro, corse a slegare la bici, pronta a inseguire il vento. Poi salirono in sella, puntando le ruote nella stessa direzione.

— Il segreto è nel respiro — le disse. — Non devi dimenticarti di respirare. È così che il vento ci parla e ci racconta la nostra storia, giorno dopo giorno, per tutta la vita. Respirare è la prima cosa che facciamo, nascendo, e l'ultima prima di morire. Così semplice che sembra niente. E invece è tutto.

Greta vide il petto di Anselmo gonfiarsi d'aria e respirò con lui. Rimasero sospesi nel piccolo momento tra il fiato che entra e quello che esce, vagando l'uno negli occhi dell'altra in ascolto di un silenzio gonfio di tutte le storie che non si erano ancora raccontati e di tutte quelle che dovevano ancora accadere. Era un luogo nuovo, inondato di stupore e meraviglia. Così vivido da esistere al di là dei loro occhi e riflettersi in tutte le cose d'intorno. Era nella strada, nell'erba e nelle stelle. Era nell'aria. Volsero gli occhi al cielo e spinsero i piedi sui pedali nello stesso momento. Le biciclette scivolarono docili tra le raffiche imprevedibili, e due respiri suonarono sincronici con la stessa, impossibile vibrazione.

Fine

Presto in libreria
il secondo episodio:

Il volo della rondine

Cosa aspetti?

Gira pagina e leggi
il primo capitolo in anteprima!

Fuori luogo

Che cos'è questa specie di fretta che hanno le mani di stringere qualcuno? Le gambe di andare altrove? Gli occhi di posarsi dentro altri occhi? Greta la sentiva nella gola, premere sul collo come l'apnea e diventare sempre più acuta, quasi dolorosa. Senza riuscire a spiegarsi né sciogliersi, come una parola che non sapeva dire.

— Bianchi interrogata — disse una voce lontana mille miglia.

Greta realizzò di trovarsi in classe, che l'ora di letteratura era quasi finita e che lei non aveva ascoltato una sola parola, scatenando l'ira vendicatrice della perfida professoressa Moretti. — Allora, di che cosa abbiamo parlato stamattina?— domandò aprendo il registro.

Greta abbassò lo sguardo e ancorò i piedi alla sedia, come faceva sempre in quelle situazioni. La Moretti sbuffò: — Dimmi almeno il titolo dell'opera che abbiamo letto e ti prometto che non ti darò un altro zero.

Zero, appunto. Non c'era nessuna traccia della lezione di quel giorno nei suoi ricordi. Emma se ne accorse immediatamente, fece calare la cortina rossa dei suoi capelli sul volto e sussurrò: — L'Odissea.

— L'Odissea — ripeté Greta.

La Moretti osservò le due amiche con uno sguardo affranto, a metà fra la pietà e il disprezzo più profondo.

— Bene. Hai risposto a una domanda in maniera corretta quindi ti sei meritata un punto.

Scrisse 1 sul registro e chiuse la questione velocemente, per dedicarsi a massacrare con più agio Emma Kildare.

— Kildare, mi è sembrato di capire che l'argomento di oggi ti sia rimasto particolarmente impresso.

— Sì, professoressa.

— Sapresti allora parlarci di quel particolare sentimento espresso da Omero durante il viaggio di ritorno di Ulisse verso Itaca? Dovrebbe essere facile per te che hai vissuto in così tanti posti diversi del mondo. Forse anche tu a volte ti sarai sentita... fuori luogo.

Lo disse con un tono crudele, con il preciso scopo di metterla in difficoltà con una domanda difficile e un tema delicato, ma Emma non raccolse la provocazione. Spostò il ciuffo di capelli con un gesto elegante della mano, diede un'occhiata ai suoi appunti e iniziò a rispondere come un'annunciatrice televisiva: — Si chiama nostalgia. In greco antico significa "dolore per il ritorno". È la sofferenza provocata dal desiderio di tornare a casa. Il dolore di viaggiare. Se Ulisse non avesse sentito la nostalgia, probabilmente si sarebbe fermato su una delle dodici isole che incontrò sulla via verso casa. Ma sapeva che in questo modo non sarebbe mai stato felice.

Chiuse così, bruscamente, e piantò due occhi arroganti in quelli della prof, che fu costretta a darle otto.

— Mi meritavo nove — si lamentò quando furono fuori dalla classe.

— Io ti avrei dato dieci! — rincarò Lucia trotterellando giù dalla scalinata davanti alla scuola. Greta invece non disse nulla, corse verso la sua bicicletta e la slegò rapidamente.

— Sei di fretta? — le domandò Emma.

— Veramente no. Solo che... — Non riuscì a dire altro. Saltò sulla bici e le guardò come a chiedere il permesso di andarsene e basta.

Le due amiche si strinsero nelle spalle, ormai avevano imparato che c'erano momenti in cui Greta doveva solo pedalare.

— Ci sentiamo nel pomeriggio... ci devi ancora raccontare tutto! — sorrise Emma complice.

Anche Greta sorrise.

— Sì. — Fece per partire ma poi si fermò per dire una cosa importante: — Grazie...

Lucia ed Emma la osservarono alzarsi in piedi sui pedali e spingere con tutte le sue forze sfrecciando nel vento che iniziava a spirare sempre più forte.

Due minuti dopo, Greta era sul lungo Tevere, col fiato corto e un tamburo vibrante in mezzo al petto. Batteva forte, ma non era soltanto per la fatica. Come se il cuore, lontano da un cuore gemello, dovesse battere di più, per farsi sentire. La gola si sciolse nella parola che aveva cercato per tutte quelle ore: nostalgia. Greta frenò dolcemente e accostò Merlina all'argine del fiume. Prese il cellulare e scrisse un messaggio ad Anselmo.

MI MANCHI.

C'era scritto così sullo schermo del cellulare. E l'aveva scritto Greta. Solo due parole. Niente firma. Niente faccette. Niente punti esclamativi. Ma era abbastanza per far balzare un singulto tra i respiri di Anselmo. Le sue dita scattarono sulla tastiera del cellulare.

VIENI DA ME.

Invia Messaggio. Aspetta.
Il cuore come un metronomo che scandisce la musica dell'attesa.
Aspetta.
Gli occhi stupefatti di spazio, tutto quello che li separa dagli occhi di lei.
Aspetta.
La pulsazione che cresce perché sta correndo verso una cosa più grande di sé. Una cosa che si chiama "noi".
Aspetta.
Poi, lei arriva. Calda di sole e fresca di vento. Scende dai pedali e lo abbraccia. E lui appoggia un palmo sulla schiena piccola. Le dita tra le costole. Accarezzano le ossa e s'intrecciano a culla, per dondolarla nell'unico luogo dove ognuno di loro desidera fermarsi. Il viaggio non duole più perché trova una sponda. Casa.

L'elica davanti alla ciclofficina sibilò annunciando una nuova raffica di vento. Anselmo schiuse gli occhi lentamente, come dopo un bel sogno, e sollevò la testa scostandola piano da quella di Greta.
— Di che colore è? — domandò lei.
— Gialla.
— Seguiamola!
I due montarono subito in bicicletta e scivolarono silenziosamente in strada. Anselmo davanti a segnare il percorso, con gli occhi fissi al cielo. Greta al seguito a

osservare i colpi scostanti dei suoi pedali per capire la direzione e lasciarsi portare da una traiettoria invisibile ai suoi occhi. Poi, all'improvviso, una macchina tagliò la strada ad Anselmo che fu costretto a inchiodare. Greta lo superò e invase la visuale davanti a lui con la sua sagoma esile. E, in quel momento, qualcosa nel cielo mutò. Come quel giorno in cui l'orizzonte si era riempito di fiamme. La figura di Greta attraversò il panorama e si fermò in attesa di capire dove andare.

— Tutto bene? — gli chiese.

Anselmo osservò preoccupato la traccia gialla alle spalle della ragazza. Stava diventando una linea sottile, inghiottita dalla luce di lei. Ora era nebbia e poi svanì. Non c'era più. La via verso un nuovo messaggio era evaporata nel nulla.

— Che cosa succede? — domandò Greta.

Anselmo scrutò il cielo spaesato, il vento continuava a soffiare ma il firmamento rimaneva muto ai suoi occhi, un deserto monotono, senza colori a indicare la direzione di un nuovo messaggio perduto.

Non capiva. Non era mai successo prima di allora. Non sapeva più dove andare.

Rimase fermo. Respirò, cercando nell'aria un indizio del destino, ma trovò soltanto le labbra di lei, una nuvola purpurea distesa nel bagliore evanescente del pomeriggio.

— Anselmo? — chiamarono quelle labbra.

Greta si era avvicinata. L'orizzonte di nuovo sgombro. Qualcosa vacillò in fondo alla strada, tremando accanto a una finestra. La scia. Era ricomparsa, ma era debole, incerta, un fantasma.

— Non è niente — si augurò. — Vieni.

Imboccarono una discesa guidati dal fulgore intermittente di quel segnale. Le bici presero velocità e l'ebbrezza del declivio sbaragliò per un momento le preoccupazioni di Anselmo, ma fu soltanto un istante. Le dita afferrarono i freni e si strinsero nel tentativo di strozzare un pensiero spaventoso. Quando aveva distolto la sguardo dal cielo per guardare Greta, la scia era scomparsa. Come in uno degli appunti che qualche giorno fa aveva scritto sul suo diario ispirato da un pensiero che ancora non aveva compreso.

— L'aria protegge i suoi messaggeri e dona loro la visione del vento e il mutamento sensibile dei colori. Ma chi distoglierà lo sguardo dal cielo, non potrà leggerlo mai più — ricordò in un sussurro.

E, per la prima volta nella sua vita, la discesa gli fece paura.

Indice

Nubifragio	6
Roma	9
Verde	22
Domani	40
Tre	52
Bellezza	63
Risposte	81
Bugie	98
Male	119
Nessuno	132
Via	141
Ascoltami	152
Mutamento	161
Impossibile	174

PROVA D'ACQUISTO
978-88-04-61662-7
ARIA
Messaggio per me